Narratori Feltrinelli

Rosita Manuguerra
Malanima

Prima edizione ne "I Narratori" aprile 2025

Stampa Grafica Veneta S.p.A. di Trebaseleghe - PD

ISBN 978-88-07-03650-7

FSC
www.fsc.org
MISTO
Carta | A sostegno della gestione forestale responsabile
FSC® C021883

GRAFICA VENETA CARBON NEUTRAL

Questo libro è stampato da Grafica Veneta S.p.A.
con un processo di stampa e rilegatura certificato 100% carbon neutral
in accordo con PAS 2060 BSI

Questo romanzo è un'opera di fantasia. I luoghi, gli eventi di cronaca e i personaggi realmente esistenti o esistiti sono trasfigurati dallo sguardo dell'autrice. Per il resto, ogni riferimento a persone e a fatti reali è da ritenersi puramente casuale.

Malanima

A mio nonno,
il primo cuntacunti che io abbia conosciuto.

Volevo che mi confessasse che quel luogo non riesce a scrollarselo di dosso, anche se non fa che ripetermi che si tratta di un'esperienza conclusa. "Infatti non riesco a scrollarmelo di dosso," ha ammesso alla fine con qualche stanchezza, "ma sto lottando. E prima o poi vincerò la mia piccola battaglia. Me ne libererò."

ERMANNO REA, *Fuochi fiammanti a un'hora di notte*

Una notte di luna vacante

Mamma e papà s'incontrarono sott'acqua e non avrei potuto immaginare maniera più consona per due isolani. Lei nuotava sempre a occhi chiusi, così che il sale non glieli facesse bruciare. Stabiliva la traiettoria e andava dritto, a pelo di fondale, per tutti i secondi che il fiato le consentiva. Un giorno andò a sbattere contro mio padre. Secondo la sua versione fu mio padre a interrompere la sua nuotata, ponendosi esattamente a metà fra lei e lo scoglio che aveva scelto come punto d'arrivo. Stando a mio padre, invece, a forza di nuotare senza guardare, prima o poi contro qualcosa o qualcuno si sarebbe scontrata, e le era andata bene che si fosse trattato di lui.

Vedendo le loro fotografie di allora – lei all'inizio dei suoi diciott'anni, un costume intero a righe verticali, una matassa di capelli ricci a incorniciarle il viso; lui venticinquenne, gli zigomi taglienti di chi da ragazzo è diventato troppo in fretta uomo –, ho spesso pensato che mentissero. Quel luglio finirono per incontrarsi sempre sulla stessa scogliera, un tempo punto d'attracco alternativo dell'isola quando soffiava forte il Maestrale. E quando dico che s'incontravano, intendo che andavano lì con le rispettive comitive. Non sarebbe stato bene vedersi da soli, non in un luogo dove anche i muri avevano orecchie. Un piano apparentemente ben congegnato, ma finì col destare il sospetto degli amici, che si ritrovarono, senza capire come mai, a fare il bagno sempre nello stesso posto. Dapprima notarono gli sguardi, poi le pose. Mia madre e mio padre stavano sempre rivolti l'una verso l'altro, come strani girasoli. Dopo il primo bagno, erano i teli ad avvicinarsi. Al calar del sole, li si ritrovava stesi fianco a fianco, i mignoli che si sfioravano, gli amici che gravitavano intorno a loro senza avere l'ardire di disturbarli, certi che qualcosa si stesse compiendo.

Fu il Seppia a chiederlo per primo a mio padre. Non aveva mai brillato per sagacia, e che ponesse lui la questione era indicativo del fatto che i cavalli erano già scappati.

"Cesco," gli disse, "che intenzioni hai con Teresa?"

Mio padre in tutta sincerità rispose: "Conoscerla".

"Vedi che quella era 'mparulata col Principino," disse allora l'altro, non senza una certa soddisfazione.

Da quando aveva finito le scuole medie, Teresa si era rifugiata nella sicurezza delle mura domestiche. Studiare non era una scelta possibile, non lo era mai stata. Non per una donna, non per un'isolana: avrebbe significato attraversare il mare. E del resto lei si era convinta che rimanere lì le piaceva. Le piaceva svegliarsi tutti i giorni alle sei, mettere a posto il letto a ribalta, nascondere il comodino nell'armadio e passare un panno per rimuovere le manate dalle ante, così che la sua camera potesse tornare a essere il soggiorno. Poi andava in cucina, metteva sul fuoco il pentolino col latte e, prima che arrivasse a bollire, aveva già sfamato i gatti che aspettavano in cortile. Quell'anno la Guercia aveva dato alla luce quattro cuccioli, tutti bianchi, tutti ciechi. Mamma si sedeva su un gradino a osservarli. Si chiedeva se almeno quell'estate uno sarebbe sopravvissuto. La Guercia non aveva l'attitudine della buona madre: si allontanava spesso e più a lungo del dovuto. Delle volte era la fame a uccidere i cuccioli, altre i gabbiani. Mamma aveva perso il conto dei corpicini che aveva rimosso. Li metteva in un sacchetto e li gettava in mare. Aveva pregato più volte i suoi genitori affinché le permettessero di tenere la famigliola in casa: niente da fare. Mia nonna, le aveva risposto che i gatti erano nati liberi e dovevano restare tali.

Lo stesso ragionamento non era valso per lei, quando la famiglia del Principino aveva fatto il suo ingresso in casa loro portando una fototessera del figlio, per proporre il fidanzamento. Lei non si era opposta. Aveva pensato che, in fondo, a diciassette anni era quello il passo successivo da fare. E magari conoscendolo le sarebbe anche piaciuto.

Era stato un fidanzamento tra famiglie. Ogni domenica, dopo avere esaurito i compiti mattutini, mia madre andava in chiesa. Poi faceva una passeggiata con le cugine di lui, tutte agghindate per la messa, sia mai che il Padreterno vedesse che l'adoravano con gli abiti di tutti i giorni. Dopo aver fatto due vasche nelle piazze del paese – due soltanto, dieci minuti per andare e dieci per tornare – correva via, che i suoceri l'aspettavano. Entrava in casa loro e andava a sistemare il soprabito buono in camera da letto, le narici piene dell'odore di una stanza tenuta con rigore museale. Poi era la volta del pranzo: aiutava in cucina, apparecchiava, sparecchiava, mostrava di saper fare tutto quello che una futura moglie avrebbe dovuto saper fare. L'unico che mancava in quelle giornate era proprio il Principino, lontano per il servizio militare. Si tenevano in contatto per lettera. Lui ne mandava sempre di lunghissime, corredate da dichiarazioni d'amore che lei trovava spropositate per il poco che si conoscevano.

Una volta, nelle scarne righe che scriveva in risposta, gli espose i suoi dubbi: *Non offenderti, ma forse non t'amo.*

Lui rispose: *Non importa, per ora basta che t'ami io.*

Da quando erano 'mparulati, lui era tornato in licenza solo in tre occasioni. E tutte e tre le volte a lei era salito un febbrone tale da impedirle di uscire di casa. Sua madre un po' l'accudiva, un po' l'accusava. Le metteva pezze fredde sulla fronte, aspettava una mezz'ora, poi le misurava di nuovo la febbre. Se non scendeva, ripeteva l'operazione, fino a quando non finiva col chiedere, non si sa di preciso a chi, cosa avrebbe dovuto fare con quella figlia disgraziata, che proprio quando doveva vedere il fidanzato – un buon partito, per di più – s'ammalava. Poi andava in cucina, a detta sua per preparare il brodo, apriva il frigo e ci si metteva a piangere davanti.

"Siamo poveri, siamo poveri," diceva.

La figlia dalla camera-soggiorno l'ascoltava. Alla terza febbre, che coincise con il compimento dei suoi diciott'anni, il dottore fece la sua diagnosi: "Malanima," disse, un male misterioso che veniva a chi stava in un posto in cui non voleva stare.

"E come si cura?"

"Si cura... si cura col mare."

Sull'isola il mare curava di tutto.

Mia madre allora aggiunse alle cose che sapeva di dover fare ogni giorno l'andare alla scogliera, tutti i pomeriggi alle tre.

Non so se fu l'effetto benefico dell'aria salmastra o l'allontanarsi dalle solite trame, ma la sua consapevolezza mutò. Una di quelle domeniche che prometteva di essere uguale alle precedenti, lei la sconvolse e finalmente prese una decisione. Salutata la madre per andare a compiere i suoi doveri di promessa, si recò a casa dei suoceri con una busta in mano. Dopo averli ringraziati per il tempo trascorso insieme e aver posato la lettera sul tavolo con la raccomandazione di farla avere al Principino, andò via per l'ultima volta da quella casa. Rimasti soli, i coniugi aprirono la busta e la lessero. Diceva più o meno così: *Scusa, ma che io non t'ami importa eccome.*

Due anni e due mesi dopo, da Cesco e Teresa nacqui io. Era stato un matrimonio intimo, perché a nessuno dei due piaceva sprecare il denaro che non avevano e, se avessero dovuto invitare tutti i conoscenti, la festa si sarebbe estesa in fretta all'isola intera.

La prima notte della mia vita fu una notte di luna vacante: per chi ci crede significa che, dopo di me, i miei genitori non avrebbero avuto altri figli. E, a dire il vero, mia madre ne fu rincuorata. Fu proprio cercando con lo sguardo quella luna che non c'era, muovendo i primi passi incerti dopo un travaglio lungo un giorno, che decise come chiamarmi. Mi chiamò Mia: perché sentiva che nulla nella vita le era appartenuto veramente e sperava che lo stesso non sarebbe stato per me.

1.

Sull'isola non tutti andavano e venivano allo stesso modo.

C'erano quelli la cui presenza avevo imparato ad associare ai fenomeni naturali. Arrivavano con il sole di maggio e ripartivano con le prime piogge di settembre, quelle che compattano il terreno il tanto che basta perché non si alzi più la polvere. Mi pareva che non sopportassero di vedere l'isola fuori dalla sua bellezza estiva, quando il sole smetteva di picchiare forte e il vento la fendeva da tutti i lati. Forse avevano appreso in anticipo un segreto che a lungo mi sarebbe stato sconosciuto: restare finché le condizioni sono favorevoli.

C'era chi faceva avanti e indietro tutti i giorni. Lasciava la famiglia al mattino per andare a lavorare nelle città lungo la costa e tornava la sera. Un piede da una parte e uno dall'altra, senza mai chiedersi a quale riva appartenesse davvero.

Altri ancora avevano fatto del mare il luogo in cui vivere. Ci passavano notti intere a bordo dei pescherecci, tornavano a casa sulla terraferma solo per svuotare le reti, chiudere gli scuri delle finestre, dormire in attesa di una nuova notte.

Poi c'erano quelli che dall'idea di andarsene non erano stati sfiorati mai.

Marina arrivò un'estate, e quando giunse il momento di andarsene non se ne andò più.

La vidi per la prima volta in un posto che i turisti non frequentavano.

Era una spiaggia appena fuori dal paese, dove si andava soltanto se c'era Scirocco, l'unico vento che la quietava. La evitavano tutti perché era dietro il cimitero e lì le maree minacciavano di portarsi via anche le prime tombe, quelle con il marmo incrostato di sale, a cui non faceva visita più nessuno.

Erano soltanto venti minuti di cammino, preferivo lasciare a casa la bicicletta e andare a piedi. Amavo soffermarmi, lungo il percorso, su ciò che spuntava dai muretti a secco che costeggiavano la strada. In quel periodo erano per lo più le pale dei fichi d'India, con i loro frutti dalle sfumature arancio e amaranto, lo stesso amaranto con cui zia Nietta si dipingeva le labbra. Più fichi contavo, più sapevo che la fine dell'estate era vicina. E ad annunciarlo erano arrivate anche le prime piogge.

La stessa cosa che la pioggia fa al terreno, la burrasca la fa al fondo del mare. Prima la superficie ribolle, la sabbia si nebulizza nell'acqua. Poi si posa, l'acqua torna più limpida che mai e il fondale emerge come se lo si guardasse attraverso un vetro. Ogni volta che succedeva, volevo vederlo. E sapevo che San Nicola era il posto più adatto. Lì l'acqua riempiva le vasche di tufo che formavano l'ossatura della cala. Non erano vasche naturali, ma il mare aveva annerito la pietra e smussato gli angoli, al punto da far credere, a chi non lo sapeva, che mai uomo ci avesse messo mano. Durante la burrasca il mare le riempiva, poi era il momento del rilascio. L'acqua iniziava a filtrare lungo le insenature delle pareti calcaree, e si lasciava dietro ciò che aveva portato: pezzi di nasse, legni di mare.

Quel giorno tra i relitti c'era anche un ammasso nero catrame, che avevo scorto dall'alto della strada. Mi ero dovuta avvicinare, in equilibrio sulle pareti rocciose, per capire che si trattava di un delfino, arenato su un fianco. L'acqua lo copriva soltanto per metà. L'altra metà, quella nera e corrotta dal sole, era esposta all'aria. Aria e acqua, i suoi elementi, ma non nel modo giusto, quello che gli avrebbe consentito di vivere. Avevo iniziato a incastrare i piedi nelle fenditure della parete per scendere, quando la vidi sbucare fuori da un angolo cieco. Allora mi nascosi. Doveva avere all'incirca la mia età, una ciocca di capelli bianca le spioveva sul viso e portava una bracciata di assi di legno. Entrò nella vasca, l'acqua le lambiva l'orlo dei pantaloncini. Lei non sembrò badarci, si avvicinò al delfino. Incuneò le assi sotto la carcassa e cominciò a usarle per fare leva. Da lontano vedevo il profilo delle sue scapole esposte dal costume alzarsi e abbassarsi, a ritmo con la forza che imprimeva. Ci vollero un po' di tentativi perché capisse che era necessario tutto il suo peso. Infine riuscì a far rotolare il delfino oltre il bordo della vasca, verso il mare aperto. Lei scivolò invece sulle alghe lippose, finendo seduta nell'acqua. Si puntellò sui palmi delle mani e si alzò giusto in tempo per vederlo galleggiare in superficie, prima di inabissarsi. Rimase immobile a fissare il punto in cui era scomparso. Poi con lentezza uscì dalla vasca, raggiunse una borsa abbandonata sulla battigia, si sedette su uno scoglio e accese una sigaretta.

Non mi vide. Io non mi avvicinai.

Credevo fosse un'altra di quelle persone che sarebbero andate via presto.

2.

In quei giorni ogni scusa era buona per uscire di casa. C'era da prendere il pane e lo prendevo. Rientravo e lo riponevo nella madia, dove panini e muffa avevano iniziato ad accumularsi senza che nessuno se ne curasse. Le faccende di casa nostra avevano sempre gravitato intorno a mia nonna paterna e così era stato soprattutto durante quell'ultima estate, l'estate della resa.

Per lungo tempo avevo creduto che la nonna fosse solo una donna fiacca e fragile, ladra di quelle attenzioni che, nella mia mente di bambina, avrebbero dovuto essere mie. Portava uno scialle rosa fatto a mano, di quelli che vengono subito in mente quando pronunci la parola "vecchia". Non si reggeva sulle gambe ormai da anni, da quando il secondo ictus le aveva imposto prima l'utilizzo di un bastone, poi la sedia a rotelle e infine di essere portata in braccio dal letto alla poltrona e dalla poltrona al letto.

Non avevo ricordi di lei che camminasse o che parlasse. Da piccola uscivo dalla mia camera e andavo a darle due baci, uno per guancia. Mi avevano insegnato che si faceva così. Lei rispondeva poggiando le labbra sui miei zigomi, senza più la forza per produrre uno schiocco sonoro, né il controllo del corpo per evitare di bagnarmi il viso con qualche goccia di saliva, che io mi asciugavo di nascosto con il dorso della mano.

Una volta mio padre se ne accorse e si arrabbiò. Non capivo perché. Poi capii che quella donna che io consideravo un impiccio, prima di essere mia nonna era sua madre. Anche se perfino lui aveva smesso di provare a parlarle, rassegnato al fatto che non potesse più rispondergli.

Allora ci provai io. Tornavo da scuola e mi sedevo accanto a lei. I suoni le uscivano impastati dalla bocca. A volte erano soltanto sillabe, altre parole. Attendevo con pazienza che arrivassero a comporre frasi. "Veni, figghia mia" fu una delle più comprensibili che riuscì a pronunciare. Arrivai a convincermi di essere l'unica in grado di capirla. Che la sua fosse la prigionia di chi ha la mente ancora viva, ma non domina più il corpo. Sviluppammo un linguaggio fatto di occhiate. Un battito di palpebre per la conferma, due per il diniego. Si era abituata a quel basilare modo di conversare e, quando non avevo nulla da raccontarle, alzava gli occhi al cielo come a esortarmi.

Zia Nietta, la sorella di mio padre, osservava incuriosita i nostri scambi. La mezza era l'ora del pranzo, le sette quelle della cena. Zia apparecchiava per nonna anche se sapeva che non sarebbe riuscita a sedersi con noi. Credo che quella consuetudine la consolasse. Le facesse credere, anche solo per brevi istanti, che sua madre fosse la stessa di sempre. Il tovagliolo di stoffa, il bicchiere di vetro, le posate del corredo, grandi ma leggere. Seppi poi che erano le preferite di nonna, degli anni in cui si reggeva ancora in piedi. Le fotografie di quel periodo non facevano più parte del presente della casa. "Indelicato mostrarle," avrebbe detto qualcuno. Una volta, in un album avvolto in carta velina nell'armadio di mia madre, ne vidi una. Era del matrimonio dei miei. Nonna stava ritta accanto a mio padre, un abito grigio, i capelli ricci e duri che erano fili di ferro. Quasi non la riconoscevo.

"Com'era nonna da giovane?" avevo chiesto a mia madre, la fotografia tra le mani.

“Reggeva una famiglia intera,” rispose lei, “finché ha parlato, nessuno ha mai osato contraddirla.”

E io provavo a conciliare quell’immagine fiera con l’altra che avevo davanti durante le mie giornate a casa: i capelli non più acconciati, la pelle cadente che lasciava indovinare l’ossatura. Mi chiedevo se non parlasse non tanto perché non ci riusciva più, ma perché non aveva più nulla da dire. La sua era rassegnazione per il tempo che passava, mista a una strana forma di incaponimento: prima o poi qualcosa da dire l’avrebbe avuto, tanto valeva serbare le energie in vista di quel momento.

Era venuta ad abitare sull’isola per amore del nonno, morto poco prima della nascita del secondo figlio, mio padre. Così lei gli aveva dato il suo nome: Francesco. Aveva cresciuto i figli da sola, coltivando i campi che il marito le aveva lasciato. I suoi pomodori erano i più saporiti dell’isola, perché li annaffiava con l’acqua salata. Sarebbe potuta tornare sulla terraferma, nella piccola frazione in cui era cresciuta, ma non aveva voluto. Sin dai primi giorni, quella terra circondata dal mare l’aveva stregata. Per questo si era ostinata a chiamare mia zia, la primogenita, con un nome che ricordava quello dell’isola, scatenando una faida involontaria con i suoceri, secondo i quali la bambina avrebbe dovuto portare il nome della nonna, Antonietta. Allora lei lo concesse come secondo nome, ma la cosa non bastò a placarli. Tolsero il saluto alla nuora e continuarono a chiamare la bambina Nietta. E Nietta era il nome con cui la zia si presentava a tutti, dato che lei sull’isola, non fosse stato perché ci era nata, non ci avrebbe mai vissuto. Vi era stata costretta per servire la madre, che, prima donna a portare i pantaloni sull’isola, con immenso scandalo degli abitanti, verso i quaranta aveva avuto il primo ictus e non era stata più in grado di provvedere a sé stessa. Chissà come doveva essere, non volere l’aiuto di nessuno e non poterne più fare a meno.

Zia Nietta e papà si erano ritrovati a dover accudire la madre. Nonostante papà si fosse sposato, avevano deciso di continuare a vivere tutti nella stessa casa. Così Nietta era diventata per me più che una zia una sorella maggiore, molto maggiore, avendo quarant'anni quando io dovevo compierne ancora dieci. Era a lei e non a mia madre che mi rivolgevo se avevo bisogno di aiuto.

Nietta era sempre in fermento. Quando mio padre e mia madre le davano il cambio con la nonna, lei andava a insegnare in una scuola di cucito, in un vecchio edificio appartenuto alla Chiesa che un gruppo di isolane aveva preso in gestione. Poi tornava a casa e riponeva i soldi guadagnati in un portagioie. "Ricordalo sempre: i legami ti fottono," mi diceva con un'espressione grave. Io annuivo in un misto di ammirazione e perplessità, e del resto già allora sentivo che c'era qualcosa in lei, qualcosa che, più provavo ad afferrare, più mi sfuggiva.

A volte la aiutavo a prendersi cura della casa. In camera di nonna c'era un armadio che quando lo si apriva sprigionava odore di lavanda, quella che io e zia Nietta raccoglievamo ogni luglio e mettevamo in certi sacchettini di cotone. Io rimuovevo i fiori dalle spighe e tagliavo i nastrini di raso in segmenti della stessa misura, così da formare dei fiocchi tutti uguali. Solo che uguali non venivano mai, e proprio quella era la loro bellezza. Nel lato destro dell'armadio c'era la custodia di tela bianca dell'abito da sposa di nonna. Zia Nietta ogni tanto lo tirava fuori per fargli prendere aria. Lo portava sul terrazzo e lo appendeva a una trave della tettoia, servendosi di un lungo bastone. Lo lasciava lì a sventolare finché il sole non tramontava. A volte la sorprendevo a fissarlo immobile, presa per incantamento.

"Zia, a che pensi?" le chiedevo allora.

"Che a me non servirà." E si scuoteva dal torpore. Poi ripescava il vestito con il bastone uncinato per rimetterlo a posto. Riscendeva le scale tenendolo fra le braccia come fosse stato un neonato.

Capitava che, nei giorni di Maestrale, la corrente si incanalasse in quel corridoio. Allora le balze del vestito si gonfiavano, come se Nietta stesse agguantando una qualche sorta di medusa, con i suoi respiri simili a pulsazioni. Io mi ci buttavo sopra, facendolo tornare a misura.

Zia Nietta rideva, ma subito mi diceva di stare attenta a non rovinarlo perché, anche se lei non l'avrebbe usato, un giorno sarebbe toccato a me. E lo diceva come fosse una minaccia. Io ero ancora una bambina e al matrimonio pensavo di rado. Ne facevo una questione di affinità e destini, più che di abiti bianchi. Ma l'ascoltavo senza contraddirla, sia perché non avrei saputo come argomentare quella disposizione d'animo sia perché le sue parole rimandavano – sempre – a un orizzonte di mistero.

L'estate dei miei tredici anni, nonna si aggravò. Smisi di uscire di casa. Papà e zia Nietta non poterono più spostarla dal letto. La giravano ogni ora, per evitare che il corpo si piagasse. Guardavo nonna e non mi sarei stupita se, a poterle leggere la mente, avessi visto una sequela di preghiere al Padreterno, per implorarlo di portarla via al più presto da lì. Ma la sua mente non potevo leggerla. Potevo solo tenerle la mano. Le dita affusolate, dicevano, le avevo prese da lei.

Gli ultimi giorni le coprivo le orecchie con le mani per impedirle di ascoltare. Papà e Nietta discutevano spesso a voce alta, come se lei non ci fosse già più.

"Cesco," diceva Nietta, e quello sordo si rivelava essere mio padre. Quando tornava dai campi stava immobile sul divano, intrappolato nella monotonia di quelle ore sempre uguali, decano dell'attesa. Zia lo scuoteva. "Cesco," ripeteva, la voce ferma di chi, ciò che vuole dire, se l'è ripetuto più volte nella testa: "Dobbiamo deciderci. Non possiamo lasciarla così. Bisogna portarla in ospedale".

Papà scuoteva la testa. Di scatto, come a scacciare un pensiero fastidioso. "Non c'è niente da decidere. Lo sai che diceva: ‘Lassatime ’nto scogghio!’. Non la faremo morire sulla terraferma!”

“Quindi, hai deciso di non fare niente?”

“No. Starò qui ad assicurarmi che tu faccia come voleva lei.”

“Pensi che non lo abbia fatto abbastanza?” ribatteva allora Nietta, ma a voce così bassa che anche senza le mie mani sulle orecchie nonna non avrebbe sentito. E mi ritrovavo a chiedermi se dieci, vent’anni prima, litigassero in quel modo. Sull’ultima uscita della sorella, papà abbassava lo sguardo come un bambino vergognoso. Poi lei se ne andava impettita, in attesa di tornare alla carica il giorno dopo. E così via, tra scaramucce e litigi, mentre nonna piano piano si spegneva.

Morì un pomeriggio d’agosto, e se le era rimasto qualcosa da dire non lo disse mai. Dovettero allontanarmi di peso, mi ero stretta a lei nel momento in cui avevo sentito che non respirava più. Zia Nietta, dritta accanto al letto, piangeva e tremava, i capelli sempre acconciati in una crocchia stavolta sciolti, d’improvviso più grigi che neri. Papà immobile, il respiro quasi trattenuto, le lacrime che scendevano a tradirlo. Restarono così fino all’arrivo di mia madre, che entrò in camera seguita da una donna di nome Amalia. Lei avrebbe preparato nonna.

“Livàmo ’sta picciridda,” disse Amalia, risoluta.

Non realizzai subito che parlava di me.

3.

Zia Nietta se ne andò dopo un paio di settimane, lasciando la casa in cui aveva vissuto con mio padre fin da bambina. Non riuscii a convincerla a restare. Per la prima volta ci ritrovammo soli, io e i miei genitori. Papà decise di liberarsi della poltrona di nonna, non poteva nemmeno guardarla. Poi chiuse a chiave la camera di Nietta.

"Tornerà," disse, a nessuno in particolare. Quanto a me, decisero di spostarmi nella stanza che era stata di nonna, perché era più grande. Nella stanza dove avevo dormito fino ad allora mia madre trascinò invece la vecchia Singer, che in quegli anni era rimasta relegata nel capanno a fianco dell'orto.

"Non credevo cucissi anche tu," le dissi un pomeriggio. Mi aveva appena consegnato un abito nuovo, tale e quale a quello che avevo indossato al funerale, ma di jeans, con delle arricciature sul petto fatte di filo elastico fucsia.

"Ci siamo conosciute così, io e tua zia."

Era la prima volta che la nominava da quando era partita. Per un attimo mi sfiorò l'idea che in quegli anni avesse sofferto di gelosia. Dovette indovinare il tenore dei miei pensieri perché con un gesto nervoso indicò l'abito e, senza guardarmi, mi chiese di provarlo. Allora andai di fronte allo specchio dell'armadio, mi spogliai e iniziai a indossarlo, ma la lampo si fermò a metà schiena. Il mio petto non era più muscolo, stava crescendo e diventando seno, senza che me ne accorgessi. Mamma mi raggiunse e mi aiutò a liberarmi dal tessuto. Piegò l'abito e lo mise da parte. "Aspetta," disse poi, dirigendosi verso la sua camera. La sentii rovistare in un cassetto. Quando tornò aveva un reggiseno fra le mani.

"Non sei più una picciridda," mi disse. E me lo porse. La voce era malinconica, le labbra incurvate in un sorriso.

Dei giorni seguenti ricordo soprattutto il silenzio. Silenzio che si posava come polvere, sulle superfici e su di noi. Avevamo sempre vissuto insieme ma non avevamo mai condiviso un simile livello di intimità, e adesso non sapevamo cosa farcene. Guardavo mia madre e mio padre e mi chiedevo se il bene che si volevano fosse proporzionale al silenzio che si offrivano. Non vedevo una carezza, non vedevo un bacio. Se mi sforzavo di pensare agli anni passati mi dicevo che forse, fra loro, di tenerezze non ne avevo mai viste. Non volevo pensarci, allora uscivo.

Avevo cercato Anna, Giulia e Nello.

"Ah, ti sei ricordata di noi?" mi aveva rimproverato Anna, quando le avevo telefonato. Però mi aveva detto lo stesso dove trovarli. Ci volevamo bene. Anche se forse nella stessa maniera in cui ci si affeziona alla disposizione dei mobili nella propria casa. La verità è che di dircelo, fino a quel momento, non ci era importato.

Avevano trascorso l'estate andando al mare tutti i pomeriggi. E ora che settembre era arrivato e alle tre faceva troppo freddo per tenersi addosso i costumi bagnati, avevano sostituito alla spiaggia la scogliera del lungomare e alle nuotate lunghe sessioni di gioco della bottiglia.

Scavalcai il muretto in un punto in cui aveva ceduto e mi diressi verso una rientranza della costa dove c'era una grotta, dalla quale sentivo provenire le loro voci. Li trovai su una lastra di roccia erosa da vento e acqua al punto da poterci stare seduti o sdraiati. Di fronte a noi, guardando il mare, gli scogli diventavano sempre più aguzzi via via che si congiungevano alle onde pronte a infrangersi su di loro.

Anche ad Anna e a Giulia era cresciuto il seno, ma non si davano pena di nasconderlo, lo sfoggiavano con orgoglio, stretto nei loro pezzi di sopra dai colori sgargianti. Io incurvavo le spalle e mi nascondevo sotto una felpa tanto larga da apparire informe, nonostante facesse ancora caldo. Ci salutammo con un cenno del capo. Ebbi appena il tempo di poggiare la sacca per terra, sistemare il telo e sedermi che Giulia si voltò verso Nello – l'estate lo aveva reso alto e dinoccolato, i capelli senza una direzione precisa, a regalargli il profilo di un asparago troppo cresciuto – e gli chiese: "Obbligo o verità?". Lui senza esitazioni scelse la seconda. Intuii di essere arrivata a metà di un gioco i cui meccanismi erano stati rodati durante i miei mesi di assenza. La reazione di Giulia lo confermò. Udendo la risposta di Nello, raddrizzò la schiena e un sorriso beffardo le si allargò sul viso. Poi fece la domanda che, ne fui subito certa, doveva ronzarle in testa da parecchio: "Quante ragazze hai baciato quest'estate?".

Lui si irrigidì e sputò un "nessuna" fuori dai denti.

Lei mutò sguardo, assumendo quello del predatore, gli occhi verdi ridotti a fessure. Un'espressione che non le avevo mai visto e che un po' mi inquietava. "E quanti ragazzi?" chiese allora, incurante del fatto che il gioco presupponesse una sola domanda per volta o forse a ribadire che, in quel momento, le regole le dettava lei.

Nello la fissò, i muscoli della mascella induriti, l'espressione rabbiosa di chi viene provocato. "Cosa?"

Si inserì Anna, che sembrava attendere quel momento da una vita. "Ti hanno visto con Mario, in spiaggia," disse.

"Lui aveva la lingua nella tua bocca," le fece eco Giulia.

Nello impallidì, le orecchie rosso fuoco.

"Lasciatelo stare," dissi. "Non sono fatti vostri."

Si voltarono verso di me, quasi si fossero ricordate solo in quel momento che c'ero anch'io.

"Non sono fatti nostri?" dissero. "Forse non sono fatti *tuoi*, che sei sparita per un mese."

Stavolta la rabbia mi montò dentro. Una rabbia repressa da mesi, che non aveva niente a che fare con loro o forse con loro aveva a che fare tutto.

"Scusa se è morta mia nonna," replicai piccata. "Avrebbe dovuto chiederti il permesso?"

Giulia restò senza parole. Mai si sarebbe aspettata una risposta del genere da parte mia.

Tornò a inserirsi Anna: "Questo cretino le ha fatto credere di essere innamorato di lei," disse guardandolo.

"Non ho mai detto di essere innamorato!" rispose Nello.

"Sei un frocio di merda, ecco cosa sei!" sbottò allora Giulia, mettendosi in piedi e andando verso di lui. Io mi alzai a mia volta e la tirai per un braccio, facendola tornare seduta.

"Finitela!" Afferrai la bottiglia e la feci roteare di nuovo. Si fermò dopo un piccolo balzo, con il collo che puntava nella mia direzione.

"Obbligo o verità?" mi sfidò Anna.

"Obbligo," risposi, per nulla intimidita.

"Allora adesso baci Nello," sentenziò, come se un simile atto potesse chiudere ogni questione, o sadicamente peggiorarla.

Sbuffai. Ne avevo avuto abbastanza di quel gioco. Mi avvicinai a lei e accostai la bocca al suo orecchio, come per sussurrarle qualcosa. Invece le stampai un bacio al centro delle labbra. "Dillo di noi, adesso, che siamo frocie." E, presa la mia roba, me ne andai sorridendo.

4.

Aspettavo la ripresa della scuola con rassegnazione. I miei invece sarebbero stati felici di non vedere più il mio viso lungo aggirarsi per le stanze di una casa della quale continuavano a ridisegnare la geografia. Avevano ricoperto i mobili di tela cerata e iniziato a buttar giù il muro che separava il soggiorno dalla cucina. Appropriarsi dello spazio fisico li aiutava a fare altrettanto con i loro mondi interiori. Quanto a me, girovagare lungo la costa stava perdendo attrattiva. La ragazza con il delfino era stata l'unica vera scossa nella monotonia quotidiana. Poi, da quel giorno, nulla. Anche l'idea di rivedere gli altri, più che preoccuparmi, mi annoiava.

Così, quando entrai in classe il primo giorno di scuola, l'ultima cosa che avrei immaginato era di trovarci una persona nuova. Invece lei era lì. Seduta in seconda fila, sulla sinistra. Con quella ciocca di capelli bianchi a sporcare il nero di una capigliatura lunga fino alla vita. La fissavano tutti. Non si erano mai visti dei capelli così dalle nostre parti, il massimo a cui ci si spingeva era una schiarita naturale da sole, anche se la naturalezza richiedeva una buona dose di birra con cui bagnare i capelli e stare stese in spiaggia durante le ore più calde. Ma non era la ciocca bianca l'unica anomalia. C'era un che, nel modo in cui guardava gli altri.

La professoressa ce l'aveva presentata: Marina. Mentre gli

altri la tempestavano di domande, lei era rimasta con le mani in tasca, guardandoli come se parlassero una lingua diversa, biascicando poche e sbrigative parole di risposta.

"Milano." "Ho una voglia sulla testa." "Da qualche settimana." "Ho visto un delfino morto."

L'avevo visto anch'io e avevo visto lei.

Eppure, quando sollevò gli occhi su di me, fui l'unica a non ricambiare lo sguardo, a non aggiungere alle domande degli altri le mie.

Anna, seduta accanto a Giulia come sempre, si voltò e le chiese sottovoce: "Ma cu si sente chissa?". Credeva di essere brava a inquadrare le persone e lo reputava un dovere soprattutto se non le prestavano attenzione. Quando succedeva, diceva che se la tiravano. Poi le vedevamo fare le nostre stesse cose, negli stessi posti, nella stessa isola. Allora le facevo notare che non erano poi tanto differenti. Ma di Marina, in quel momento, non avrei saputo dire cos'avesse in comune con noi. Sapevo soltanto che era diversa.

Al suono della campanella s'erano già create alcune fazioni. Per tutta la ricreazione Marina se n'era stata in disparte, a scribacchiare su un taccuino. Quando Anna le si era avvicinata l'aveva coperto con il palmo della mano. "Vuoi unirti a noi?" le aveva chiesto. Il nostro rituale prevedeva mettersi in cortile e scartare le focacce prese al panificio la mattina. Se non aggiungevamo un sacchetto di plastica alla carta marrone, ci ritrovavamo con i quaderni unti e l'odore del pane a stuzzicare ancora di più la fame tra una lezione e l'altra. Marina aveva declinato l'invito. "Devo studiare," aveva detto. Cos'avesse già da studiare, il primo giorno di terza media, non riuscivo a immaginarlo.

Seguii gli altri nel cortile. Anna e Giulia, con un silenzio-assenso, avevano deciso di dimenticare l'affronto di obbligo o verità. Anche Nello si unì a noi. Sull'isola le liti o si dimenticavano o rischiavano di durare una vita intera. Mi sedetti sui gradini che davano sul cortile e mi misi ad ascoltare le loro chiacchiere. I miei pensieri convergevano tutti sulla ragazza del delfino. Anche se era fuori dal mio campo visivo, sapevo che in quel momento era in classe, ancora china sul taccuino.

"Quella si crede meglio di noi," stava dicendo Anna. Alla nostra sinistra, gli altri giocavano a pallone, se lo passavano l'un l'altro incuranti del sole che minacciava di cuocere le loro teste nel giro di quei quindici minuti. Giulia annuì con foga. A guardarle si sarebbe detto che oltre al taglio di capelli con la frangia vaporosa condividessero anche il cervello, che si accendeva e si spegneva a seconda che l'altra parlasse o meno.

"Perché dici così?" chiesi.

"Noi siamo cresciuti con i piedi nella sabbia," disse, come se bastasse a renderci di un'altra specie. Pensai alle gambe di Marina sprofondate nell'acqua di San Nicola, al suo corpo magro e nervoso che faticava per restituire al mare un delfino mezzo morto. Non mi era sembrato che avesse paura della sabbia.

"Magari le serve solo un po' di tempo." risposi. Prima che potessi concludere la frase mi arrivò una pallonata in testa. "Scusa!" urlò Aldo, il figlio del macellaio. Mi chinai per raccogliere il pallone. Per un attimo mi sfiorò l'idea di tenerlo, di interrompere il gioco e scatenare le proteste dei miei compagni. Ma non lo feci. Lo calciai indietro e tornai a rivolgermi ad Anna, Giulia e Nello, rimasti in attesa di completare il discorso dove io l'avevo interrotto.

"Potrà anche servirle tempo, ma se continua così resterà sola," disse infatti Anna. E non potei non pensare che si riferisse anche a me e al bacio che le avevo strappato.

Al suono della campanella li seguii per rientrare in classe. Appena fui sicura che le due erano scomparse oltre la porta, mi voltai verso Nello, che aveva seguito la conversazione senza dire nulla.

"Sarebbe davvero così brutto restare soli?" gli chiesi.

Lui annuì.

5.

Nei giorni successivi, Marina continuò a rifiutare i nostri inviti. Oltre alle brevi frasi del primo giorno non aveva detto molto altro di sé. Avevo sentito così poco la sua voce da poterla ancora immaginare a piacimento.

"Ci sarà qualcosa che le interessa," sbottai un giorno con Nello. Eravamo seduti sui gradini della sua veranda e avevamo appena terminato una delle nostre sessioni di compiti e congetture.

Casa di Nello si trovava all'interno di una cava di tufo ormai esaurita. Molti anni prima, quando s'era capito che non si poteva estrarre più nulla, l'avevano riempita di terra e ne avevano ricavato un agrumeto. Le chiome degli alberi non si vedevano dalla strada, a meno che non ci si addossasse ai muretti in punta di piedi e si guardasse in basso. Era il nostro Eden segreto, fin dalle elementari, quando avevamo legato.

Nello era uno dei bambini che osservavo da lontano mentre giocava a palla con gli altri contro le mura del carcere. Quando avevo chiesto di giocare con loro avevano risposto di no. "Non è roba da femmine." Allora ero tornata a casa e avevo domandato a zia Nietta un pallone da portare con me il giorno successivo. Lei ne aveva tirato fuori uno dal ripostiglio, aveva qualche cucitura malmessa ma me l'ero fatto andar bene. Il pomeriggio seguente mi ero presentata alle mura prima degli altri e avevo preso a calciare. All'inizio il ritmo delle pallonate era stato irregolare. Poi, man mano che gli altri bambini arrivavano, un po' per orgoglio e un po' per testardaggine, ero diventata più sicura. Calciavo e calciavo. Di tanto in tanto incespicavo nei lacci delle scarpe. Poi tornavo dritta. Calciavo e calciavo fino al tramonto, quando le ombre delle agavi si allungavano abbracciando i calcinacci sparsi sul terreno, caduti per le pallonate. Gli altri bambini erano andati via, ma Nello era rimasto. "Posso giocare con te?" aveva chiesto.

Mi aveva confidato che non aveva mai visto colpire una palla con tanta foga, nemmeno dai maschi.

Quel pomeriggio, nel nostro giardino dell'Eden c'era anche lo zù Mimì, il nonno di Nello.

"Zù" perché sull'isola, appena qualcuno superava la soglia dei cinquant'anni e la scriminatura dei capelli si ingrigiva, cominciavano a chiamarlo "zio". Mimì aveva trascorso la vita a estrarre blocchi di calcarenite dalle cave. Faceva parte di quelli che noi isolani eravamo soliti chiamare il "popolo della pietra". Lavoravano sotto terra in ingrottamenti che si snodavano per centinaia e centinaia di metri. Quando venivano in paese, li si riconosceva perché erano ricoperti di polvere bianca. La stessa che respiravano finché non gli ingolfava i polmoni. Sul far della sera, Mimì era solito sedersi con gli altri cavatori nella piazzola di fronte alla statua della Marunnuzza Piangente, patrona dell'isola e dei cavatori. Era una statua bianca di tufo, il cui volto, nelle serate particolarmente umide, trasudava lacrime salate.

I tagliapietre, che finivano intorno alle otto, portavano ciascuno una seggiola di legno da casa, si disponevano di fronte a lei e, formando un semicerchio, intonavano dei canti. La ringraziavano per essere riusciti a vedere ancora una volta la luce del giorno. Conoscere Nello aveva significato conoscere anche suo nonno Mimì. Quando ci riavviavamo dopo aver giocato a palla contro le mura del carcere, passavamo dalla stradina che dal circondario portava alle nostre case e sostavamo davanti alla Marunnuzza. Mimì ci salutava allargando le braccia e mostrando un sorriso sghembo, l'incisivo nero come un tizzone e in bilico sull'arcata superiore – unico tratto scuro di una vita passata nel bianco –, quindi ci allungava una caramella di carruba avvolta in carta oleata. Dovevano essere state quelle ad annerirgli i denti. Noi ci sedevamo, scartavamo le caramelle e le gustavamo ascoltandoli cantare.

Era trascorso qualche anno dall'ultima volta in cui Mimì aveva estratto qualcosa da una cava e si era ritrovato a non sapere cosa fare per riempire le giornate. Così aveva deciso di godersi la pensione scolpendo la stessa pietra che aveva maneggiato per tutta la vita. Io e Nello ci mettevamo all'ombra dei limoni a chiacchierare e a guardarlo. Lui arrivava portando sulla spalla un blocco di calcarenite che poggiava su un ceppo di legno al centro del giardino. Poi si abbassava e poggiava l'orecchio sul tufo. Diceva che quello gli sussurrava per quale figura era nato. Allora si raddrizzava e iniziava a disegnare con un carboncino le sagome delle sezioni da togliere. "Non è scolpire, è liberare," diceva. A volte erano figure di donne, altre di pesci. Dopo che lui le aveva completate, diventava chiaro che non avrebbero potuto essere altro che quello. Ogni tanto lo aiutavamo a sbiancare le sculture che l'umidità aveva annerito. Preparavamo un composto con acqua e bicarbonato e strofinavamo con le spazzole. In cambio lui ci offriva qualche parola che dissipava l'eventuale patema d'animo del momento. Come quel pomeriggio in cui, mentre ancora parlavamo di Marina, arrivò con la sua andatura risicata, si avvicinò e disse: "Dra picciridda, quella di cui volete diventare amici... nessuno viene ad abitare sull'isola se non ci è nato o non sta scappando da qualcosa. Pensateci".

Io e Nello ci eravamo guardati senza sapere bene cosa rispondere.

L'idea che Marina fosse una fuggitiva mi aveva già sfiorato la mente. L'avevo immaginata impacchettare la sua roba a Milano, scegliere il punto più distante su una mappa appesa alla parete e decidere di partire. Solo una valigia, la maniglia di cuoio rovinata come le sue unghie. Oppure mettere tutto in una sacca sportiva, di quelle che si chiudono stringendo due cordini, un utero di stoffa che tiene in sé la promessa di una vita diversa.

Ma sapevo che non era così. A tredici anni non puoi scappare, decidere di percorrere una strada tua. Forse alcune ragazzine avrebbero potuto, ma non noi.

6.

Papà non si rese conto di cosa stava facendo la prima volta che mi portò in cima al castello che domina l'isola, così in alto da consentire allo sguardo di abbracciarla tutta. Accadeva raramente che io e lui trascorressimo dei momenti da soli. Eravamo in auto, con i finestrini mezzi abbassati per smorzare la calura di maggio. L'odore degli interni si mescolava a quello del finocchietto selvatico. Io indossavo il vestito rosso delle feste, quello con la gonna a balze che facevo allargare piroettando su me stessa, come vedevo fare alle ballerine in tivù. Avevo pianto, non saprei nemmeno dire perché. Papà aveva ancora i capelli tutti al loro posto, una giacca di jeans e gli occhiali da sole. A pensarci era giovane e bello, faceva venir voglia di tornare indietro nel tempo per fotografarlo. Arrivati in fondo alla strada parcheggiò, poi mi prese per mano e iniziammo a salire quell'ultima mezz'ora di sentiero che ci separava dalla cima.

C'è un lasso di tempo, appena prima del tramonto, in cui la montagna proietta la sua ombra fino al paese, facendo credere a quelli che vivono nella Chiana, la parte di pianura, che sia già arrivato il buio. Non è così. Il sole non è ancora scomparso, si è soltanto nascosto dietro la montagna, e le disegna una sorta di aureola. Se si sale abbastanza in fretta, si fa in tempo a vedere il castello sospeso a metà fra buio e luce e la parte occidentale dell'isola – chiamata Vosco per un bosco di lecci che c'era un tempo – tingersi di arancio. Papà questo lo sapeva e accelerò l'andatura, salendo ogni gradino del sentiero con un solo passo. "Non ce la faccio!" gli dissi. Avevo il fiatone. Mi prese sulle spalle per aiutarmi nell'ultimo tratto. Man mano che salivamo il paesaggio mutava, papaveri e margherite cedevano il posto ad arbusti ed elicriso. Superata l'ultima curva, costeggiata da un muro alto un paio di metri, il castello si rivelò alla nostra vista.

Mi sarei aspettata stendardi e sfarzi, e magari una torre, di quelle in cui si tengono prigioniere le principesse. Invece vidi soltanto sbarre e rovine. Papà dovette leggere la delusione nei miei occhi perché, abbassandosi per guardarmi in viso, disse: "Forza, ti faccio vedere una cosa". Poi mi issò sulle spalle ed entrò. Se le rovine all'esterno mi avevano deluso, quello che trovai dentro mi rattristò. Una luce che filtrava dall'alto rischiarava appena l'ingresso e una scala ai cui piedi c'era un cumulo di macerie. Sembrava tutto fuorché sicura, ma mio padre si fece largo tra i calcinacci finché non emergemmo da una botola che dava su un terrazzo. Mi fece promettere di non sporgermi troppo, poi mi permise di affacciarmi dalla balaustra. Vidi la Chiana già in ombra e il Vosco illuminato a ovest. Il globo rossastro del sole che andava inabissandosi. Mi colpì quanto appaiano piccole le cose osservandole dall'alto. Potevo percorrere i confini del mio mondo con un dito. Da faro a faro. Da costa a costa.

"È tutto qui?" chiesi, quando il mio indice tornò al punto di partenza.

"Sì, è tutto qui," disse mio padre. "Ma a volte non se ne ha abbastanza per una vita intera."

E tornò a scrutare l'orizzonte, l'espressione distesa.

Io avevo voglia di scappare.

7.

Marina veniva a scuola a bordo di una Tipo bianca, guidata da una donna che doveva essere sua madre. Nulla di ricercato, nulla che facesse pensare a chissà che agio, ma mi diede un'indicazione precisa d'altro genere: Marina viveva al Vosco.

Di chi stava al Vosco, noi della Chiana sapevamo poco. Era la parte più selvaggia dell'isola. Si diceva fosse di origine lavica, i lapilli si erano accumulati come conseguenza dell'eruzione di un vulcano sottomarino di cui nessuno serbava il ricordo.

Si arrivava al Vosco percorrendo un viottolo a ridosso della montagna, stando ben attenti a scansare i massi caduti. Avevano provato a mettere delle reti per rendere più sicuro il passaggio, ma aveva funzionato solo in parte: il problema era quello che c'era – o meglio, che non c'era – sotto. Chi passava da quel tratto di costa in barca sapeva bene che la strada poggiava sul nulla. Era una sorta di ponte naturale che si reggeva a forza di preghiere. Per questo a un certo punto avevano iniziato a costruire una galleria. Ma i lavori andavano avanti ormai da anni e non accennavano a finire. Arrivati al Vosco, quel che si vedeva erano case sparse. Così distanziate fra loro che gli stessi abitanti della zona non sapevano l'uno dell'altro più di quanto sapessimo di loro noi della Chiana. In più, molte venivano abitate in maniera discontinua dai turisti. E in quel gioco di arrivi e partenze, era difficile indovinare chi fosse arrivato per restare.

Osservavo Marina entrare in classe. Portava sempre le calze velate. Noi ragazze indossavamo pantaloni di diverse fogge: jeans, panno, eredità di armadi materni o, nel caso di alcune, di sorelle. Lei no. Sotto le calze le sue gambe erano delicate, sembravano senza muscoli. Erano flessuose come gli steli di certe piante che quando gli batte contro il vento si inclinano senza spezzarsi. Marina aveva in sé la grazia e il tormento delle sere di fine estate, in cui il sole, quasi scomparso all'orizzonte, disegna il contorno di nuvole che non hanno ancora deciso se sparire o ingrossarsi. Entrava in aula a testa bassa, accostava la cartella alla gamba sinistra del banco, prendeva il taccuino e scriveva. Scriveva anche se nessuno nella stanza, men che meno la professoressa, aveva ancora parlato. Ogni tanto uno sbuffo, lo strusciare delle scarpe l'una sull'altra. Scarpe di vernice nera. Una volta avevo chiesto a mia madre di comprarmene un paio. Mi aveva risposto che non erano cose da ragazzine, che avrei dovuto prenderle di un altro colore. Le brave ragazze non usavano il nero, eccetto che per i funerali. Ma a Marina il nero donava, forse perché non era una brava ragazza, forse perché richiamava quello dei capelli. Le guardavo la nuca e mi chiedevo se anche lei, dove abitava prima, avesse percepito i limiti del suo mondo.

Non ero l'unica in classe a essere incuriosita da Marina. Sedute davanti a me, anche Giulia e Anna la guardavano. Dopo l'ultimo rifiuto, avevano smesso di invitarla. Avevano capito, senza possibilità d'appello, che far parte della loro combriccola a Marina non interessava. Così avevano preso a odiarla.

"Ma che problemi ha", "Ma come si è vestita", "Chissà cos'avrà da scrivere su quel quadernino" le sentivo ripetere, mentre il loro sguardo la inchiodava. Ai loro bisbigli si univano quelli delle altre compagne. Non si curavano nemmeno di farlo di nascosto, come se fra loro e Marina ci fosse un universo di distanza, come se lei non potesse sentirle. Il picco dei mormorii lo raggiunsero all'inizio della terza settimana. Quel giorno, Marina non arrivò sulla Tipo bianca. La vedemmo invece scendere dalla macchina dei genitori di Aldo, tirando a sé lo zaino. I capelli le coprivano il viso, nascondevano la sua espressione. Salutò con un cenno chi era alla guida e disse un rapido "ciao" ad Aldo, poi non gli rivolse più la parola per il resto della giornata.

Noi del paese tornavamo a casa a piedi o in bicicletta. E non era strano che quel quarto d'ora di cammino diventasse un'occasione per scambiarsi confidenze. Quel giorno, dopo essersi affiancato a me, Nello si era fatto insolitamente silenzioso. Avevo pensato di chiedergli cos'avesse ma, capendo che non era un buon momento, avevo deciso di aspettare. Lui si era stretto di più nel giubbotto, tirando la zip fino al mento per combattere il Maestrale che aveva cominciato a sferzare forte. Poi, in preda al nervosismo, si era messo a strappare le erbacce che di tanto in tanto spuntavano ai lati della strada. Quando ne ebbe abbastanza, si sedette sui gradini di una casa, prese un lungo respiro e disse: "Giulia è venuta da me. Mi ha chiesto perché continuo a guardare Marina". Mi sedetti accanto a lui, poggiando la sacca sulle ginocchia, circondandola con le braccia.

"La guardano anche loro. La guardano tutti. Perché dovrebbe essere un problema?" domandai.

"Perché pensa che mi piace," disse.

"E se anche fosse?"

"Non lo so. Immagino sia gelosa."

"E a te importa cosa pensa lei?"

"No. Cioè, sì."

"E per quale motivo?" chiesi.

Nello ci rifletté, indeciso se rispondere o meno. Continuava a fissare il vuoto, ad attorcigliare un filo d'erba tra le dita.

"Ricordi cos'è successo quando ha saputo di Mario?"

"Sì," risposi.

"Be'... Non voglio che vada a raccontare di lui agli altri per ripicca."

Era la prima volta che lo sentivo parlare di Mario dal litigio con Giulia e Anna.

"Quindi è vero?" gli chiesi. Fino ad allora non avevo voluto domandarglielo. Per me non sarebbe cambiato nulla.

"Non importa se è vero. Qui è vero quello che raccontano. Se lo dice abbastanza gente diventa vero," rispose. Faceva fatica a respirare. Prendeva delle lunghe boccate per provare a calmarsi, senza riuscirci. Tenendogli la mano sulla spalla, attesi che passasse.

"Io sono dalla tua parte," gli dissi. "Per me è vero quello che dici tu."

Si sfregò gli occhi, come ad asciugare lacrime che non c'erano, e mi guardò per la prima volta da quando ci eravamo seduti.

"Chissà come si sente lei," disse gettando il filo d'erba annodato e rimettendosi in piedi.

"Chi?"

"Marina. Voleva solo stare per i fatti suoi, e adesso tutti sembrano avercela con lei."

Ci pensai su. "Non credo che voglia stare sola," risposi. "Credo che abbia paura di fare amicizia con noi, per qualche motivo."

Dopo aver soppesato le mie parole, Nello domandò: "Come fai a essere così sicura di voler essere sua amica, senza nemmeno conoscerla?".

"Non lo so," risposi. "È una di quelle cose che senti e basta." Gli sorrisi: "Tu come facevi a sapere che volevi essere mio amico?".

"Nessuna era come te," rispose.

Tacqui, imbarazzata. Poi mi alzai in piedi, gli feci un cenno con la testa, ci rimettemmo in cammino. Quando arrivammo di fronte a casa mia mi toccò un braccio. "C'è un'altra cosa che dovresti sapere," disse. "Non la odiano soltanto perché lei li evita."

Lo guardai stupita. "E per cosa, allora?"

Sospirò. "Non lo so," disse. "Le ho sentite parlare in classe. Corrono voci su di lei, su un fatto successo prima che arrivasse. Ma non saprei dire cosa, né come facciano a saperlo."

8.

La nostra scuola si trovava ad appena un isolato dal mare. Se ci si affacciava da una delle finestre se ne poteva sentire il rumore e l'odore, senza vederlo. Mi chiedevo spesso se ci fosse stato un tempo in cui nessuna costruzione ne impediva la vista, ma a quanto ne sapevo quell'agglomerato di case e la scuola erano sorti pressappoco nello stesso periodo.

Era un edificio a tre piani di cui solo due, il piano terra e il primo, continuavano a essere utilizzati. L'ultimo era andato progressivamente in malora, man mano che la gente dell'isola faceva sempre meno figli. Entravamo a scuola passando per una salita che, dalla strada asfaltata, conduceva a un giardino curato da noi ragazzi. Lo aveva stabilito alcuni anni prima il preside, quando s'era reso conto che di lì a poco, se nessuno ci avesse badato, di verde non sarebbe rimasto niente.

Il preside lo chiamavamo Pendolo, a causa della sua andatura dondolante che fino all'ultimo non permetteva di indovinare da che parte sarebbe andato. Nonostante quel nomignolo, lo amavamo troppo per prendercene gioco, dato che per lui l'insegnamento era stato sin da subito una di quelle vocazioni che occupano tutta la giornata, perché entrano in consonanza con la vita stessa. Quella scuola lui la apriva e la chiudeva, che soffiasse lo Scirocco o il Maestrale. Se gli insegnanti non riuscivano a raggiungere l'isola a causa del vento avverso, ci riuniva tutti in un'unica classe mista, ci portava nel lato della scuola riparato dal vento e si metteva a spiegarci in che modo trattare le piante. Quel giorno aveva scelto le agavi, cresciute a dismisura lungo il perimetro dell'edificio. Ci aveva mostrato come scavare intorno alle radici, così da liberarle per estrarre i polloni. Se la piantina non era abbastanza grande da averne, lui veniva in nostro soccorso con un coltello affilato e, con un movimento deciso, la recideva.

Avevo approfittato di quella mattinata in giardino per mettermi a lavorare con Aldo, che frequentava un'altra classe. Mi ero avvicinata a lui quand'era arrivato il momento di fare i gruppi. Marina invece s'era tenuta in disparte, come al solito. Il Pendolo aveva provato a convincerla a stare con qualcuno, ma lei, tirando fuori un pollone dal terreno con un movimento fluido delle mani, aveva dimostrato sufficiente maestria da potersela cavare da sola. Lui s'era allontanato senza insistere. Poi forse qualcosa, nell'espressione del vecchio preside, le aveva fatto pensare di essere stata troppo dura. Allora l'aveva richiamato: "Professore," aveva detto, con quella sua voce che stavo imparando ad associare al velluto, che cambia tonalità a seconda del verso in cui ci passi la mano. Lui era tornato subito indietro. L'avevo vista indicare una delle agavi più grandi, dalla cui rosa centrale, tra le foglie verdi allungate, emergeva già uno stelo di un metro buono, e chiedere: "Prof, è vero che le agavi muoiono dopo essere fiorite?".

Il Pendolo l'aveva guardata. Era una di quelle cose che un po' tutti sapevamo, ma che evidentemente lei non conosceva.

"Sì," aveva risposto. "Riprodursi è lo scopo della loro vita, come per tutte le piante. Ma a loro, poi, non resta altro da aggiungere. Per questo estraiamo i polloni. Per assicurarci che esistano ancora dopo la morte."

Lei era sembrata soddisfatta della risposta ed era tornata alla sua pianta. Avrei voluto avvicinarmi e chiederle il perché di quella domanda, ma qualcosa me l'aveva impedito. Forse il timore di non poter ribattere con qualcosa di interessante, forse la paura che in realtà se ne stesse in disparte proprio perché nessuno di noi lo era, interessante. Cosa avrei potuto offrirle io, di diverso?

Aldo sembrò apprezzare il mio piano e scoprendo che eravamo in coppia sorrise. Da quando mi aveva colpita con la pallonata, avevo incrociato spesso il suo sguardo, ma non avevo saputo decifrarlo. Ci eravamo messi a lavorare sotto un ulivo, avevamo indossato entrambi dei guanti da giardinaggio e avevamo deciso che il primo che fosse arrivato alle radici avrebbe aiutato l'altro con l'estrazione. Lavoravamo già da un quarto d'ora quando, resosi conto degli sguardi che continuavo a lanciare a Marina, si fermò: "Non capisco cosa ci trovi in quella".

Arrossii e, tornando con gli occhi sull'agave, gli dissi: "Sono solo curiosa". Poi mi strinsi nelle spalle per minimizzare. Essere curiosi non era una stranezza su un'isola in cui chiunque voleva sapere tutto di tutti, ma a lui quella consapevolezza non bastava. Mi fissò. Vidi un guizzo nei suoi occhi castani, appena un po' troppo distanti l'uno dall'altro. Mi disse che non capiva come potesse incuriosirmi una persona che fino a quel momento ci aveva offerto solo silenzi e maleducazione.

"Quella è strana," mi disse, "non vedo cosa c'è da capire. Però è bella. Non avevo mai visto una ragazza così bella qui da noi."

Prese a osservarla anche lui da lontano. Era seduta sull'erba e mangiava una mela. Quel giorno portava i lunghi capelli raccolti in una coda, facendo risaltare ancora di più i lineamenti delicati. Aveva gli zigomi alti, la carnagione spolverata di lentiggini. Che fosse bella lo vedevo anch'io. Ma che fosse maleducata, quello non volevo riconoscerlo e, anche se fossi stata d'accordo, non sarebbe bastato a placare la mia curiosità. Tornai a guardare Aldo. Decisi di smetterla di aspettare, di andare dritto al motivo per cui mi ero messa a estrarre radici accanto a lui.

"Com'è che adesso viene in macchina con te e i tuoi la mattina?" gli chiesi.

Mi lanciò un'occhiata infastidita. "Sei qui per interrogarmi?"

Arrossii di nuovo. Sembrava che avesse la capacità di leggermi nel pensiero e la cosa non mi piaceva. "La gente parla," affermai, per provare a riguadagnare terreno.

"Già, parla sempre più del dovuto," rispose rimettendosi a lavorare, segno che considerava chiusa la questione.

Ma io continuavo a fissarlo, in attesa. "Allora?" sbuffai.

"Allora niente. Allora è vero quello che si dice di te..."

"Cioè?"

"Che sei una tosta."

"Hai intenzione di rispondere alla domanda o vuoi continuare a cambiare discorso?"

"Va bene, va bene," acconsentì, "ma mi devi un favore, e un giorno te lo ricorderò."

Annuii, allora proseguì, soddisfatto: "Non l'ho deciso io che venisse in auto con noi. È stata sua madre a chiederlo alla mia. Fosse per me, potrebbe andare a piedi. E deve averlo pensato anche mia madre, perché non ha detto subito di sì. Poi ha accettato. Si sarà detta che tanto le veniva di strada".

Fece una pausa, si sfilò i guanti e tirò fuori dallo zaino un berretto con la visiera, se lo calcò sulla testa e tornò a sedersi accanto a me. I contorni delle sue sopracciglia erano arrossati per il sole. Mi resi conto in quel momento che non eravamo più all'ombra, adesso anche la mia pelle bruciava. Mi premetti un polpastrello sul braccio e vidi formarsi un'impronta bianca che subito svanì. Me ne sarei preoccupata più tardi. Intanto Aldo aveva ripreso a trafficare con bulbi e radici. La piantina che teneva fra le mani era quasi estratta, lo aiutai a completare il lavoro. A quel punto ci fermammo per rifiatare. Quindi, voltandosi di nuovo verso di me con il tono di chi sta rivelando un segreto, mi disse sottovoce: “Marina è strana, ma sua madre di più”.

“Sua madre?” domandai, sorpresa dalla nuova piega del discorso.

“Sì. Quando è venuta da noi le ho aperto io, così l’ho vista. Sembrava una di quelle madonne penitenti, tutta vestita di nero. I suoi capelli sono grigi tanto quanto quelli di Marina sono neri.”

“E che ti ha detto?”

“Si è presentata. Si chiama Lia Amato. Ti dice nulla?” E mi fissò come se mi avesse fatto la rivelazione del secolo.

“No, nulla,” risposi.

Lui fremeva, e impaziente proseguì: “Gli Amato erano di qua. Quella fa tanto la spocchiosa che viene da fuori, ma pure lei è dell’isola”.

Pesai le sue parole. Mi sembrava esagerato. “Di Amato qui non ne ho mai sentiti,” risposi. E mi alzai per andare a posare sulle grate dall’altra parte del giardino uno dei polloni che Aldo aveva estratto, così che le radici potessero asciugarsi prima del trapianto.

Lui mi seguì. “Te lo dico io: quelle sono di qui,” ripeté.

“E perché ne sei così convinto?” dissi, battendo i guanti fra loro per ripulirli dalla terra.

“Perché la loro casa è accanto alla mia. Ho fissato la targhetta con quel cognome per anni, sono arrivate da mesi e non è cambiata, non è una coincidenza. Stanno alle Ville dei Mori. Sono due ville uguali, una accanto all’altra, devi averle viste. Una è andata in malora, loro stanno nell’altra.”

“Eppure non ho mai sentito parlare né degli Amato né delle Ville.”

Aldo sbuffò. “Perché non se ne parla da una decina d’anni. Non era rimasto più nessuno con il loro cognome. Il fatto è successo che noi eravamo appena nati. So che mia madre ne discusse per mesi con amici e conoscenti, poi smise... come tutti. Sono rimasti solo bisbigli."

"Quale fatto?"

Si guardò intorno, abbassò ancora di più la voce: "In quel casolare, anni fa, ci morì un vecchio. Era rimasto solo, se ne accorsero soltanto perché dei turisti sentirono la puzza. Dicono fosse passato così tanto tempo che il corpo era mummificato. E così il gatto accanto a lui. Qualcuno dice anche che c'era una pozza di sangue, ma chissà se è vero".

"E questo che c'entra con Marina?"

"Quel vecchio era Tonino Amato, e se sua madre si chiama Lia Amato non può che essere suo nonno. Quindi, forse lo so perché mia madre ha esitato ad accettare di accompagnare Marina, quando l'ha vista."

"Perché?"

"Si dice che sia stata la figlia, la madre di Marina... a farlo morire. Andandosene via," bisbigliò sgranando gli occhi.

"E pensi che lei lo sappia?" risposi nello stesso tono.

"Chi? Marina? Boh... Ma se lo sa, non mi stupisce che non voglia avere a che fare con noi."

Non feci altre domande. Tolsi i guanti, posai gli attrezzi e andai a lavarmi le mani. Poi, alzando gli occhi, il mio sguardo incrociò quello di lei.

9.

Di Tonino Amato, detto il Ciuffo, in realtà erano in pochi a essersi dimenticati. Dicevano presidiasse i suoi terreni imbracciando una lupara e che qualche volta, con quel fucile, avesse persino sparato a qualcuno. Per lui non c'era cosa più importante dell'orgoglio, in nome del quale si sfascia una famiglia pur di mantenere intatta la reputazione, lo stesso che impediva a chi gli era più vicino di capire quali sentimenti si celassero dietro un volto quasi sempre corrucciato. Ma questo lo avrei scoperto diverso tempo dopo.

Il primo a parlarmene fu Mimì. Avevo deciso di andare da lui ricordando il suo monito di qualche giorno prima. Mi ero chiesta spesso se fosse stato dettato dal caso o se fosse piuttosto emerso da una sua capacità quasi sciamanica di unire i puntini prima di chiunque altro.

Si avvicinava la festa della patrona e sull'isola erano state montate le prime luminarie. Giù al porto, le luci decoravano i profili dei pescherecci, proiettandosi in filamenti luminosi sul mare tornato in bonaccia. Salivano poi lungo le strade del paese, intrecciandosi ai frontalini dei balconi, e rischiaravano il percorso che avrebbe condotto la Marunnuzza dalla sua postazione al mare.

In qualità di ultimo maestro cavatore e scultore, s'era deciso, con un beneplacito collettivo, che spettasse a Mimì il compito di preparare la statua. L'avevano aiutato in quattro, a rimuoverla dal piedistallo. Li avevo visti avvolgerla nelle coperte, come se potesse sentire freddo, e poi assicurarla con delle corde prima di ruotarla con delicatezza fino a sdraiarla per facilitarne il trasporto su un carrello. Li avevo seguiti lungo le strade del paese fino alla discesa con il tavolato di legno che conduceva all'Eden, il giardino di Mimì, luogo designato per il restauro. Una volta arrivati, avevano sistemato la Marunnuzza su un rialzo di tufo, poi avevano proseguito con la svestizione. Rimossero le coperte utilizzate per il trasporto e le si inginocchiarono davanti, facendosi il segno della croce. Poi uno di loro, il più giovane, quello che s'era tolto la camicia a quadri abbandonandola per terra, mentre il sole tramontava intonò una nenia:

Marunnuzza ruci ruci
chianci u figghiu 'nta la cruci
chianci lacrimi salati
chianci sempri, unn'avi paci.

Alcuni lo seguirono con le loro voci roche, altri sussurrarono appena. Quando ebbero finito, si congedarono con grandi strette di mano.

Attesi che Mimì accendesse uno dei faretti, poi andai a prendere uno dei ceppi abbandonati in un angolo e mi ci sedetti sopra, vicino a lui. Aveva disposto su un tavolo gli attrezzi che gli sarebbero serviti. Scalpelli, martelli, lime. Feci per aiutarlo, come mi aveva insegnato, ma scosse la testa: stavolta era un compito riservato solo a lui. Allora tornai a sedermi, in silenzio, e mi misi a osservare la Marunnuzza. Nel chiarore della sera, le macchie lasciate dalle sue lacrime salate assumevano una colorazione rossastra, quasi che la piccola statua avesse pianto sangue. Le lacrime avevano scavato dei solchi che, partendo dagli occhi, arrivavano fino ai piedi della scultura, rigandola. Mimì intinse una spazzola in una soluzione di acqua e bicarbonato e iniziò a strofinare con foga, ma il tufo non accennava a schiarirsi. Continuò così per un po', poi, all'improvviso, si voltò verso di me e indicò una delle finestre illuminate.

"Nello è in casa," disse.

Seguii con lo sguardo la direzione del suo dito, senza muovermi.

"Non sono qui per Nello. Sono venuta per chiedere una cosa a voi."

Lui fece un gesto ampio della mano, come a dire "prego, fa' pure".

Allora mi misi seduta più comoda e, fissandolo dritto negli occhi, gli dissi: "Voglio sapere degli Amato".

Poggiò la spazzola sul tavolo. "E tu che ne sai di questa storia?"

"Pare che la madre di Marina sia Lia Amato," risposi.

"Ah, la vostra nuova compagna di classe," fece lui. Poi, vedendo che la mia posizione sul ceppo non mutava, fece un lungo respiro. "Voi ragazzini mi farete morire," disse, fra il seccato e il divertito. "Quando avevo l'età vostra, se mi si diceva di no, era no."

Io avvampai. "Scusate, non volevo essere maleducata." E feci per andarmene.

Allora ci ripensò. "Arritirate!" Sospirò. "Fai una cosa, vai a cambiare l'acqua a questo secchio... penso di dover fare un'altra mistura. Quando torni ti dico quello che vuoi sapere. Ma ti dico anche un'altra cosa: di 'sta storia non si parla più, ed è meglio così."

Feci come mi aveva chiesto. Svuotai il secchio in un'aiuola, poi mi avvicinai alla vasca di pietra e lo riempii fino all'orlo. Tornai da Mimì stando ben attenta a non versare l'acqua, poggiai il secchio sul tavolo e mi rimisi seduta.

"Gli Amato possedevano mezzo Vosco," attaccò Mimì, pescando del bicarbonato da una grossa busta con un mestolo. "Erano stati i primi a intuire che con il tufo ci si poteva arricchire. E lo vendevano a destra e a manca. Di case con il nostro tufo bianco ne trovi pure in Tunisia." Parlava fissandomi con i suoi occhi di un azzurro tagliente sotto le palpebre appesantite dagli anni. "Erano ricchi, ma di quei ricchi che si comportano da poveri. Che fossero ricchi lo si capiva soltanto dalla quantità di terreni che avevano. Poi, da un giorno all'altro, iniziarono ad abbattere gli alberi per costruire case."

Lo ascoltavo come si ascoltano certe favole, vicende talmente lontane nel tempo che dubiti siano mai accadute. All'epoca dei miei tredici anni, a ricordare la distesa d'alberi che occupava il Vosco erano rimasti soltanto il nome e una piccola pineta, a nord-est. Su un'isola difficile da individuare se non si era al corrente della sua esistenza, questo significava che un tempo erano più gli alberi delle persone.

"Quando nacque Tonino, in molti credettero che con quel ciuffo bianco fosse stato segnato dal malaugurio. E in seguito non ebbero motivo di dubitarne. Gli Amato a poco a poco persero tutto: case, terreni. Quando venne il turno del Ciuffo di amministrare le cose rimaste, anche le cave si stavano esaurendo. Non ci fu modo per lui di recuperare la fortuna di famiglia, nonostante ci avesse provato con il pugno di ferro. Dovevi vederlo la mattina, quando veniva a dirci di sgobbare. Quella era la ficara sotto cui si metteva." E indicò uno degli alberi di fico sul livello della strada.

"Insomma, perse tutto, ma grazie ai suoi genitori, che di mangiare agli isolani ne avevano procurato per una generazione, non perse il rispetto... O meglio, nel suo caso diciamo che continuò a incutere terrore. Tutti chinavano ancora la testa di fronte a lui. Ma nessuno si preoccupò di cercarlo quando sparì. Ritrovarono il corpo in casa, era morto da tempo. Alcuni dissero che era stata la figlia, sparita poco prima di lui. Altri, che forse era stato lui ad ammazzarla, per poi suicidarsi. Altri ancora, che qualcuno finalmente gli aveva fatto scontare le sue angherie o che l'isola l'avesse chiamato a sé. Nessuno approfondì il motivo della sua morte e ci si accontentò di imputarla a cause naturali."

La Marunnuzza non accennava a schiarirsi. Mimì prese una delle lime e iniziò a raschiare. "Che resti fra noi o il parroco mi ammazza," disse con una strizzata d'occhio.

Accennai un debole sorriso. "E voi come credete che sia morto?"

"Non lo so. Per come lo conoscevo, quello sarebbe potuto morire anche per dispetto. Ma come ti ho detto circolano tante voci, anche su chi lo voleva morto. Quando si ha la coscienza sporca, si cerca di dare la colpa agli altri." Si ammutolì di nuovo, il tufo si stava finalmente schiarendo. Con il dorso della mano si asciugò il sudore che gli imperlava la fronte. Poi aggiunse, come se ci avesse pensato in quel momento: "Certo che ha avuto un bel coraggio a tornare, quella Lia. Già è complicato in condizioni normali: manchi qualche anno e tutti si comportano come se non avessi mai vissuto qui, come se avessi tradito. Ma con una storia così, tornare... Su una cosa, però, avevi ragione: se quella Marina è figlia sua, non può che averci il mistero addosso".

Decisi che il giorno dopo mi sarei seduta accanto a lei.

10.

Mi svegliai in un groviglio di lenzuola, dopo una notte di incubi. Nel mio sogno c'era il volto di Tonino Amato con gli stessi tratti di Marina, ma meno gentili, meno eleganti, resi irriconoscibili da quella morte misteriosa. E c'era la pozza di sangue. Poi la voce di Anna, che ripeteva in una cantilena stonata: *Se continuerà così, resterà sola*. La salmodia ricalcava il movimento di una sedia a dondolo su cui stava il vecchio, mossa avanti e indietro dal vento che entrava da una finestra rimasta aperta, dimenticata. Poi al corpo del vecchio si sostituiva quello di Marina. Il mare entrava dalla finestra invadendo tutto, abbattendo muri e mobili, fino a quando della casa non rimaneva più nulla: solo Marina, stesa sulla battigia. E al di sopra di tutto, la voce di mia zia: "È malanima".

Marina entrò in classe e quando mi vide nel posto vicino al suo si irrigidì. Mi guardò come se avessi fatto irruzione in uno spazio che apparteneva soltanto a lei, socchiudendo gli occhi e appoggiando lo zaino tra il suo banco e il mio. Io lo presi e lo ricacciai verso di lei.

"Che fai?" chiese Marina.

"Ho solo spostato il tuo zaino," risposi io.

"No, che fai seduta qui."

La ignorai. Mi sistemai più comoda sulla sedia, mi chinai sulla sacca e iniziai a tirare fuori la mia roba. Quando ebbi finito, mi voltai. Lei era ancora lì a fissarmi. I suoi occhi avevano una screziatura di verde della quale fino ad allora non mi ero accorta.

"E quindi?" domandò, le braccia conserte.

"Dietro non vedevo bene," risposi.

"Sono tre giorni che questo banco è vuoto e te ne sei accorta ora?" ribatté lei.

"In realtà no," dissi con sincerità. "È un po' che penso di mettermi qui. Ma mi chiedevo quando saresti riuscita a far scappare lei", e feci un cenno verso Marta, la sua ultima compagna di banco, adesso in fondo alla classe. S'era spostata con la scusa di copiare meglio durante un compito e da allora era rimasta lì. Marina non aveva dato segno di sentirne la mancanza. Il giorno stesso aveva allargato le sue cose fino a quello che era stato il banco di Marta, mandando un messaggio inequivocabile: *Questo posto è solo mio.*

Tacque, forse presa in contropiede dal mio tono tranquillo, forse poco abituata a sentirsi rivolgere la parola in modo così diretto. Fissò il fondo della classe, poi spostò nuovamente l'attenzione su di me. "Non credo di mancarle," disse.

"Difficile dirlo, non vi siete mai parlate," risposi. Avevo capito che il modo giusto per ottenere delle risposte da lei era stuzzicarla.

"Adesso sto parlando con te, mi sembra," replicò infatti Marina. Sembrò esserne sorpresa lei stessa. Prima di allora, a eccezione delle interrogazioni, era sempre stata silenziosa. La cosa diede nuovo vigore alla mia missione: diventare sua amica anche se lei sembrava non volermi. Ma non potevo dargliela vinta, farle capire quanto fosse importante per me. Così continuai a provocarla: "Mi stai parlando solo per cacciarmi via".

Dovette capirlo anche lei che non ero convinta di quel che dicevo. Per tutto il tempo avevo continuato a ripetermi che, se avesse voluto mandarmi via, non l'avrebbe fatto con tante parole.

Così decise di pronunciare le uniche che avrebbero potuto far crollare il mio muro di convinzione: "Preferisco stare da sola".

"Infatti, non dobbiamo parlare per forza," replicai. "Tu puoi stare da sola lì e io posso restare da sola qui." Vidi sulle sue labbra l'accenno di un sorriso.

"Sei testarda," disse.

"Non sai quanto."

Ma non poté continuare a ribattere, perché venimmo interrotte dall'ingresso in classe dell'insegnante. Marina si arrese al fatto che, almeno per quel giorno, sarei rimasta lì. Si mise a cercare qualcosa nello zaino, rimestò e rimestò, senza trovarlo.

"Non è possibile," la sentii dire.

Per un po' provai a fingere disinteresse, ma all'ennesimo sbuffo mi voltai verso di lei: "Cosa stai cercando?".

"Il mio taccuino. Ero convinta di averlo con me."

"Ieri lo avevi?"

"Alla fine della lezione, sì."

"Magari l'hai dimenticato qui in classe, da qualche parte," dissi io.

Guardò sotto il suo banco, poi sotto il mio, ma non trovò nulla.

Scrutai in giro per l'aula, stando ben attenta a non farmi rimproverare dalla professoressa. Niente.

"Lo cerchiamo dopo," le dissi, "forse qualcuno l'ha trovato e l'ha portato alle bidelle."

Dovette arrivare il suono della campanella perché potessimo scoprire che, nel cestino della carta straccia, sotto una coltre di trucioli di matite, c'erano alcune pagine del suo taccuino. Strappate.

Sulla porta, Giulia e Anna ridevano.

11.

Giulia e Anna erano arrivate all'adolescenza come le bestie imparano a cacciare quando le madri le abbandonano alla fame.

Avevano in comune l'essere nate da genitori che avevano messo al mondo troppi figli per potersene prendere cura davvero. Così le lasciavano vivere come meglio credevano, con gli abiti sdruciti e i capelli incrostati di sale. Senza orari di ritorno a cui badare, era sufficiente che si presentassero a lezione il mattino dopo, così che nessuno andasse mai a bussare alla loro porta.

Giulia e Anna arrivavano a scuola sempre all'ultimo minuto, il che bastava per tenerle lontane dai guai. Quando spuntavano, Nello incrociava il mio sguardo e sollevava gli occhi al cielo, come a dire: *Eccole qua*. Nessuno le aveva in simpatia, erano quelle che i nostri genitori ci dicevano di evitare: noi la strada da prendere dovevamo ancora sceglierla, loro no, e quella che avevano scelto non era di certo buona.

Tutti i pomeriggi si ritrovavano nei giardini di Palazzo Florio, scavalcavano i cancelli – le inferriate corrotte dalla ruggine che azzannavano le mani – e si mettevano a giocare. Totò Riccio si univa a loro. Era il figlio di donna Adelina, che di figlio aveva avuto quello e quello soltanto quando ormai i cinquanta erano vicini e la forza di stargli dietro era diminuita, ma che l'aveva salutato lo stesso come un miracolo, al punto da chiamarlo Salvatore. Di lui ricordo la zazzera di capelli rossi e una carnagione che ci si sarebbe aspettati di latte e che invece di latte non era, dato che le sue lentiggini erano così fitte da far apparire la pelle del colore dei Mori. Diceva che era stato il padre a passargliele. Che una volta, quando aveva due anni, gli era saltato in braccio mentre aveva una tazzina di caffè fra le mani e che il caffè, schizzando via, gli aveva macchiato il viso. E da piccolo lo raccontava con un tale ardore che a nessuno importò mai di correggerlo.

Nonostante fosse più giovane di Giulia e Anna di due anni, era lui il capo della combriccola. Le aveva elette a sue sorelle putative, perché erano quelle che lo stavano ad ascoltare più a lungo. In cambio curava i loro affanni e asciugava le loro lacrime, perché piangere era una cosa da bambini e loro bambine non potevano esserlo.

Accadde tutto una domenica pomeriggio.

Totò andò a chiamare Giulia e Anna alle quattro. Passò davanti a casa mia e mi fece un cenno di saluto scherzoso. Un inchino, come quelli che avevo visto fare a certi direttori d'orchestra in tivù. Mi fece sorridere. Indossava un'ampia camicia a quadri blu e verdi. Doveva essere stata di suo padre, dato che ci navigava dentro e le maniche arrotolate gli lasciavano scoperte appena le dita. Ricambiai il saluto agitando la mano, senza alzarmi. Lui sembrò soddisfatto. Prese una margheritina dal bordo della strada e me la offrì. Poi scomparve per le vie del paese. Io rimasi ancora un po' seduta sui gradini a rigirarmi il fiore tra pollice e indice. Ricordo poi di essermi alzata per rientrare. Di aver attraversato la cucina dove nonna stava ancora sulla poltrona e di essere andata in camera. Avere aperto un libro, averci riposto la margherita stando attenta a non sgualcire i petali. Dopo tutti questi anni, è ancora lì.

Nello arrivò in ritardo quella domenica, ma io insistetti lo stesso per fare una deviazione. Invece di andare dritti in chiesa facemmo il giro largo, prendendo il lungomare e costeggiando il porto. Quando arrivammo nei pressi di Palazzo Florio, ne seguimmo il muro di cinta in mattoncini rossi, su cui si apriva un cancello con infiorescenze di ferro battuto.

"Chissà da dove entrano," chiesi a Nello.

"Chi?"

"Totò, Giulia e Anna," risposi, dando voce a un pensiero nato parecchie ore prima. Proseguimmo finché non arrivammo al lato più nascosto del palazzo, quello affacciato sul mare.

"Guarda," disse Nello. Indicò una rientranza nel muro. Lì era incastonata una porticina che portava al piano terra del palazzo. Adesso so che quello è un luogo popolato da fantasmi. E li immagino ad annoiarsi, a trascinarsi lungo i corridoi producendo i rumori più orribili, attraversando gallerie dove dame e cavalieri si fissano da dipinti antichi. Ombre nell'ombra. Ma non era quell'entrata che indicava Nello. Era saltato giù, poi era salito fino ai lati della rientranza, dove la muratura si ricongiungeva al muretto e ripartiva il cancello. Proprio quella giuntura era nascosta alla vista da un mucchio di foglie di cycas messe lì a seccare. Nello le spostò, rivelando un passaggio.

"Vieni," mi disse.

Io lo seguii, passando sotto un capannello di foglie pennate, fino a sbucare nel giardino del palazzo. Da lì potevamo sentire il vociare di Totò, Giulia e Anna. Vederli farsi largo nell'intreccio dei rami del ficus che dominava il cortile con le sue radici aeree, dopo aver distrutto il selciato.

"Più in alto!" urlava Totò ad Anna. E le mostrava come fare, inserendo i piedi nelle fenditure del tronco e aggrappandosi con le mani alle radici, quasi senza peso, danzando nella luce.

Li guardavo e invidiavo quella che reputavo una libertà per me inafferrabile. Il loro non soffrire di vertigini, il loro acchianare senza posa.

"Amunì," disse Nello. Un ultimo sguardo e andammo via.

Verso le sei del pomeriggio vedemmo Giulia e Anna arrivare di corsa nella piazza del paese. Eravamo davanti alla chiesa, pronti a entrare per la messa. I bambini come noi andavano alla funzione del mattino, ma io e Nello andavamo a quella della sera, al seguito di Nietta e Mimì. Giulia e Anna si fecero largo fra gli anziani, ignorando i loro sguardi, i loro brontolii: le seguimmo all'interno, puntavano donna Adelina. Lei non le vide arrivare. Si accingeva a distribuire tra i banchi i messali ricevuti dal prete, come sempre. Anna le arrivò da dietro, le prese il braccio – non la strattonò, fu un gesto urgente ma delicato – e la fece abbassare quel tanto che bastava per dirle qualcosa all'orecchio. Allora donna Adelina lasciò cadere i messali, il tonfo sul pavimento, in mezzo ai piedi di chi stava prendendo posto per assistere alla funzione. Corse fuori travolgendo chi incrociava mentre si dirigeva verso Palazzo Florio.

Il resto lo raccontarono Giulia e Anna.

Pare che Totò si fosse messo in testa di scalare la parete del palazzo e che ci fosse anche riuscito, almeno fino a un certo punto.

"Vi faccio vedere io," aveva detto alle due. E si era messo a salire, aiutandosi con i rami di quel ficus che alla parete del palazzo stava attaccato. Poi era saltato su un davanzale e da lì aveva continuato. Arrivato quasi in cima, si era aggrappato a una delle guglie, quella che gli avrebbe consentito lo scatto finale. Era stato un attimo: il rumore della pietra che si spezzava, le mani che perdevano la presa, Giulia e Anna che si voltavano, che non avevano la forza di guardare, ma che sentivano. Che correvano a chiamare aiuto.

Ricordo un funerale silenzioso e una bara bianca. Le assi inchiodate a bloccare l'accesso dal cancello, ma non dalla breccia nel muro. I grandi non si accorgono di quel che i bambini vedono.

Un giorno tornai nel giardino da sola, facendo come quel pomeriggio con Nello, dopo che Totò mi aveva regalato un fiore e io avevo invidiato il suo essere libero. Libero di morire a dieci anni. Non era più autunno e le foglie non c'erano, se mai c'erano state sotto il suo corpo. Calpestai il basolato, fino a dove avevo immaginato fosse accaduto. Non perché me lo avessero raccontato Giulia e Anna, loro non lo fecero mai. Anche se so che per molti anni rividero la scena nella mente, come in diapositive che non scompaiono quando accendi la luce. Furono gli adulti a raccontarlo, di orecchio in orecchio, un'altra colpa da tramandare. Quando arrivai sotto la parete con la guglia mancante la cercai con lo sguardo, fino a comprendere che qualcuno doveva averla rimossa settimane prima. Non avevano tolto invece la macchia rossastra, quella rimase lì per molto tempo. Fece lo stesso nei miei ricordi.

Dopo la morte di Totò, Giulia e Anna sparirono un'intera estate. Si diceva che fossero state affidate alla Chiesa, finalmente qualcuno s'era fatto avanti per prendersi cura di loro come si doveva. Di tutte le nostre teorie, nessuna venne mai confermata. Quando tornarono però, in loro non c'era più ombra di abiti sdruciti e di salsedine. Erano attaccate l'una all'altra più di prima. Iniziarono a disprezzare quelli che una volta le respingevano e che in seguito a quanto era successo avevano provato – un po' per pena, un po' per senso di colpa – ad avvicinarsi a loro. Io e Nello fummo gli unici a entrare nelle loro grazie, perché fingevamo di non vedere certe piccole cattiverie che riservavano ad altri. Ma era ormai qualche tempo che non mi andava più di star zitta.

12.

Marina sollevò il sacco con un movimento deciso, incurante del fatto che lì dentro c'erano anche confezioni vuote di succo di frutta, cartocci di pane, cicche masticate. Aveva la mascella serrata, le labbra una linea dritta. Raccolse le pagine strappate, le mise nello zaino e scappò via.

Mi voltai verso Giulia e Anna, che non si sforzavano nemmeno di nascondere i loro risolini.

"Che avete fatto?" Lo dissi, ma avrei voluto gridarlo.

"Qualcuno deve insegnarle a stare al mondo," risposero, le voci come appartenenti a un'entità sola. Gettai uno sguardo verso Nello, che lo sfuggì e si avvicinò alle due. Sentii le guance diventare fuoco.

"Fa' come vuoi," gli dissi allora, evitando di proposito di rispondere alle altre due per paura di non riuscire a dominarmi. Poi, liberato il banco, gettai tutto nella sacca alla rinfusa e scappai via, in direzione di Marina che era già sparita.

Il mattino dopo non si presentò a scuola. Raccolsi per lei le schede distribuite dagli insegnanti, alzando la mano ogni volta che veniva chiesto se qualcuno l'avrebbe vista. Sentivo di appropriarmi di un livello di intimità che ancora non mi apparteneva, ma non potevo farne a meno, dato che sembrava che nessuno, eccetto me, si curasse di lei. Per tutta la durata delle lezioni non parlai con nessuno e nessuno parlò con me. Li sentivo però bisbigliare alle mie spalle. Scelsi di ignorarli. E mi scappò un sorriso, pensando che forse quel banco mi stava trasmettendo le abitudini di Marina. Rimasi curva sugli appunti fino al suono della campanella, la penna pressata quasi a bucare il foglio. Soltanto Nello, all'uscita, sembrò volermi parlare. Si staccò dalla cricca per venirmi incontro. Io finsi di non vederlo, inforcai la bicicletta e, prima che potesse raggiungermi, andai verso la costa, per evitare di incontrarlo facendo il solito tragitto per tornare a casa.

Era il tempo in cui sull'isola ci si addentrava nell'autunno e si iniziava già ad aspettare l'estate successiva. Il momento in cui il sapore dell'aria cambia e alla luce si aggiunge una sfumatura diversa di colore.

Lo spartiacque fra la vita e l'attesa della vita che si ripeteva avrebbe dovuto essere, come ogni anno, la festa della Marunnuzza. Ma era stata rimandata a causa del maltempo, che non aveva voluto saperne di aspettare. Le coste erano tornate come nei giorni in cui avevo visto per la prima volta Marina. Mutevoli, a seconda delle maree. Ricche di vita nella risacca, disastrate dopo la tempesta che ne cambiava la conformazione, talvolta riempiendole di posidonia, altre volte portando via quella ammassata in precedenza. Indossavo la giacca a vento e facevo un giro delle spiagge a ridosso, la cerniera tirata su fin sotto il mento. Con le narici piene di aria salmastra passeggiavo sulle alghe. Aspettavo di trovare il punto in cui i miei piedi affondavano fin quasi a toccare l'acqua. Allora mi fermavo, facevo un passo indietro e attendevo che le mie orme si riempissero di nuovo di mare e alghe, fino a scomparire.

Tornata a casa, trovai mamma nella mia camera. Anche lei in quei giorni sembrava subire il destino delle coste. A volte occhiaie profonde le solcavano il viso e i bei capelli ricci, così simili ai miei ma striati di grigio, le incorniciavano il volto come una nuvoletta disordinata, un malutempo che rispecchiava quello che aveva dentro. Altri giorni il suo viso era disteso, i capelli ben pettinati, e i lineamenti tornavano a splendere insieme al sorriso. Papà invece si liberava di rado della sua espressione corrucciata. Rientrava dalla campagna lasciando gli scarponi all'ingresso, andava a fare una doccia e si sedeva a tavola. Le loro giornate si stavano accordando al ritmo di una monotonia tutta nuova, interrotta dalla frenesia che di tanto in tanto li coglieva e che riversavano sulla casa. Mi chiedevo se sarebbero stati felici una volta che il mondo intorno li avesse rispecchiati. Ma quel momento sembrava allontanarsi sempre più, forse perché più disfacevano e rifacevano, più si rendevano conto di non sapere bene chi fossero.

Quel giorno poltrone e divani erano coperti da teli trasparenti per proteggerli dalla pittura, pezzi di plastica fluttuavano nel vento come fantasmi senza catene. Ero andata in cucina, avevo messo insieme un panino con quello che avevo trovato. Poi ero andata nella mia camera. Mamma stava rinnovando l'armadio dove fino a qualche mese prima era riposto il corredo di nonna. L'aveva spogliato della fodera interna in carta adesiva, l'aveva scartavetrato e aveva iniziato a ridipingerlo. Erano state necessarie diverse mani di bianco per coprire il legno scuro. Ancora oggi, se lo osservo bene, rivedo il movimento del suo polso, nei segni delle pennellate che a volte prendevano una direzione imprecisa.

Entrai in camera ben attenta a non spargere briciole per terra. Mi sedetti sul letto. Mamma era in ginocchio di fronte all'armadio, stava grattando via alcune gocce di pittura schizzate sulle cementine. Non sembrava essersi accorta della mia presenza. La osservai. Nel mio sguardo le sue mani, nella mia testa Nello, Giulia, Anna e Marina.

"Mamma," le domandai a un certo punto, "ma tu hai ancora gli amici di quando eri ragazza?"

Lei sollevò la testa, raddrizzò la schiena. Mise a fuoco in quel momento. Me e la sua solitudine.

"No, Mia. Penso di non averne più," rispose.

"E come mai?"

Lei rifletté, tornò a fissare le macchie sul pavimento. Poi sospirò:

"Siamo cresciuti. E ci si è messa di mezzo l'isola".

13.

Casa di Marina non era come l'avevo immaginata.

Ci avevo messo qualche giorno per convincermi a percorrere in bicicletta la strada che dal paese portava al Vosco e, quando alla fine mi ero decisa, il contraccolpo del vento che riprendeva forza dall'altro lato dell'isola, scivolando lungo il fianco della montagna come una biscia che ti prende di soppiatto, aveva quasi rischiato di farmi cadere. Avevo chiesto ad Aldo la direzione da seguire. Lui aveva sbuffato, sembrava stufo ma anche un po' divertito dalla mia testardaggine.

"Una volta che spunti di là, una sola è la strada," aveva detto. "Guarda verso il faro e prendi a sinistra, poi cerca la pineta. Non è difficile da vedere, di alberi quelli ci sono. Dopo, la prima casa che incontri è la mia. La sua... anzi, le sue, stanno dietro. Ma è impossibile che non le vedi, sono due ville uguali con due Teste di Moro ai lati del cancello."

Avevo seguito le istruzioni, stringendo forte il manubrio per via delle buche sullo sterrato. Superato un pozzo in pietra, avevo iniziato a dubitare di essere nella direzione giusta e a dirmi che, dopotutto, Aldo avrebbe anche potuto giocarmi uno scherzo. Poi avevo visto l'auto dei suoi genitori e mi ero rasserenata.

Le ville degli Amato erano imponenti. Se non avessi saputo della loro esistenza oltre casa di Aldo, non avrei avuto la fiducia necessaria per attraversare la pineta e sbucare dall'altro lato, oltre la distesa di aghi di pino che nascondeva il sentiero. Erano due enormi case arroccate sulla costa, una il negativo dell'altra. Dietro di loro, mare a perdita d'occhio e, in fondo, l'altra isola, quella su cui tramonta il sole e noi dell'isola grande non andavamo quasi mai. La prima villa aveva un tratteggio ordinato, il prospetto bianco stuccato di fresco. La seconda, coperta dal cono d'ombra che l'altra proiettava già a quell'orario, era sfumata, sgarrupata, un disegno a cui una mano inesperta aveva dimenticato di rifinire i contorni, con il tufo annerito e il tetto che si apriva in più punti, i gabbiani che ci trespolavano sopra azzuffandosi di tanto in tanto.

Scesi dalla bicicletta e suonai il campanello. Il cognome AMATO era stato dipinto in turchese su maioliche bianche. Mi ricordavano quelle che avevo visto nel centro storico, su una facciata che, proprio per quello, spiccava fra le altre. Dicevano fosse appartenuta a un artigiano che aveva passato la vita ad accaparrarsi piastrelle in ogni dove e che a un certo punto, resosi conto di averne messa insieme una quantità spropositata, aveva deciso di rivestirci l'esterno della sua casa.

"Sono Mia Russo, una compagna di Marina," dissi alla voce metallica al citofono. "Le ho portato i compiti."

Il cancello si aprì con una piccola vibrazione e io entrai nel giardinetto che, proprio come le due case, alternava la cura all'incuria. Gli alberi di fico, già spogli, strattonati dal vento, somigliavano a mani di vecchia. Gli alberi di limone, i cui frutti erano macchie gialle disseminate sul terreno, avevano foglie verdi ma accartocciate, coperte sulla pagina inferiore da una fitta melassa bianca che avrebbe reso felici le coccinelle predatrici.

Lia Amato mi accolse nella sua casa con i gesti di chi non è ancora abituato a possederla. Era una di quelle case che se non ti sforzi di abitarle riempiendole di quadri, fiori e vecchie fotografie, finiscono con l'abitare te. Era difficile abituarsi ai muri appena tinti di bianco – si sentiva ancora l'odore di vernice – e al soffitto ad archi in pietra viva – aguzza e arcigna, di un'estetica soverchiante. Una casa dall'ossatura borghese ma con arredi da turista, mobili di vimini intrecciati come corone spinate e cementine simili a quelle che mamma lucidava a casa in quei giorni, con gli stessi motivi geometrici e colorati, ma spenti e polverosi, che non si sa mai cosa abbinargli. Eppure, lì per la confusione non c'era spazio. Tutto era pulito, ordinato, di un candore che si irradiava da pareti, mobili, oggetti, a rendere la casa quasi asettica. Una bellezza di quelle che si temono perché finta.

Lia mi fece accomodare nel salotto, dove c'erano due poltrone, un tavolino basso coperto da un centrino all'uncinetto e un televisore. Mi offrì un caffè, e quando l'accettai rise sommessamente, dicendo che anche lei era solita berlo già alla mia età. Mi allungò la tazzina, poi sparì in un corridoio. Tornò quasi subito.

"Marina si sta vestendo," disse. E si mise a sedere sulla poltrona accanto alla mia, ripiegata su sé stessa, le spalle curve e le gambe incrociate, come a volersi comprimere nello spazio. Un istante dopo raddrizzava la schiena, si chinava sul tavolino, mi prendeva la tazzina ormai vuota, faceva come per alzarsi, poi si risedeva, teneva la tazzina fra le mani e ne fissava il fondo, assorta.

Io la sbirciavo di sottecchi, piena di curiosità, ma anche di timore. Un po' la guardavo un po' tornavo a scrutare la trama del centrino all'uncinetto, in cerca di punti sbilenchi che non trovavo. Quindi ricominciavo a studiare i suoi lineamenti, incerta se dire qualcosa. Lia Amato aveva la bellezza delle piante cresciute al buio. Arti allungati come a cercare il sole e pelle diafana, quasi trasparente, con un'ombreggiatura olivastra. I capelli, come quelli di Marina, erano lunghi fino alla vita, ma striati di bianco. Mi riportava alla mente un ricordo che non avevo, qualcosa che avevo soltanto immaginato, e chi lo sa quanto di frequente capiti di ricordare di aver immaginato qualcosa. Si trattava del ritrovamento di un sarcofago di epoca romana, con all'interno il corpo di una fanciulla di nome Trifena, morta poco prima di andare in sposa. Era stato un fatto straordinario all'epoca, perché il fiume Tevere, dove la cassa era stata ritrovata, l'aveva riempita e resa così pesante che era stato impossibile trasportarla in un luogo più consono per aprirla. Così avevano deciso di procedere lì dov'era, sotto gli occhi dei curiosi accorsi ad assistere a un evento tanto inusuale. Quando gli archeologi rimossero il coperchio, si ritrovarono di fronte a qualcosa che definirono di una bellezza straordinaria. Sotto la superficie dell'acqua – limpida e ferma – c'era quella che in molti credettero una creatura acquatica, una ninfa. Aveva con sé una bambola d'avorio, una corona d'argento e mirto sul capo e un anello con inciso il nome dell'uomo che non era riuscita a sposare. Ma, soprattutto, lunghi capelli neroverdi che le contornavano il viso e che fluttuavano ad accarezzarne il corpo.

Quella che mi raggiunse nel salotto era una Marina scarmigliata, priva del cipiglio fiero e un po' strafottente che ai miei occhi l'aveva resa così diversa da chiunque altra.

"Ciao," mi disse.

"Ciao," risposi, un po' imbarazzata. Era strano vederla lì, vestita in maniera semplice, con una tuta blu attraversata da una banda laterale, i capelli legati e nessun ciuffo bianco a contornarle il viso. Aveva le occhiaie di chi ha pianto, ma quell'increspatura sul viso non faceva altro che renderla più bella. Gli occhi scuri non erano mai stati così grandi.

La madre si alzò per andarle incontro, le pose una mano sulla fronte, la scrutò.

"Ha preso una brutta influenza, poverina. Dice che a scuola l'avete avuta tutti."

Fissai Marina, un po' smarrita. Le sue occhiate, sotto la mano della madre, mi trapassarono.

“Ah, sì,” mentii, “l’ho avuta anch’io la scorsa settimana.”

Solo allora Marina sembrò rilassarsi. Si sciolse dalla presa della madre, andò in cucina, sentii un rumore di stoviglie. Tornò poco dopo con una tazza di tè. La poggiò sul tavolino, si avvolse in una coperta e si sedette sul divano di fronte a me. Mescolò la bevanda tenendo lo sguardo basso.

“Avete fatto tanto in questi giorni?” domandò.

“Sì, la professoressa ha chiesto di te. Stiamo scrivendo delle poesie per la festa della Marunnuzza, vorrebbe che anche tu scrivessi la tua.”

“Marina è sempre stata brava a scrivere,” ci interruppe sua madre. “Sono certa che farà qualcosa di bellissimo.”

Era tornata a sedersi sulla poltrona accanto alla mia. Sembrava sentirsi più a suo agio, adesso. Le mani erano sui braccioli, la schiena rilassata. Aveva iniziato a occupare più spazio.

Marina non fece commenti. Portò la tazza alle labbra, sorseggiò piano, attenta a non bruciarsi. Gli occhi di Lia tornarono a posarsi su di me.

“È bello che Marina abbia già delle amiche,” continuò. “Con la storia del trasferimento... temevo che ci avrebbe messo un po’ ad abituarsi.”

Marina smise di bere. Abbassò la tazza avvolgendola con entrambe le mani. Fissò sua madre.

“Infatti, mamma. Non mi sono abituata,” disse.

Lia finse di non sentirla, continuò a guardare me e aggiunse: “Sono felice che usciate insieme tutti i pomeriggi”.

Arrossii.

Marina scattò in piedi. “Basta mamma, dobbiamo fare i compiti ora,” disse. “Mia, andiamo di là.” Quindi mi prese per mano e mi tirò verso il corridoio. Riuscii appena a raccattare la sacca e il giubbotto e a farfugliare un veloce “grazie per il caffè, signora”, al quale la sentii rispondere con un “chiamami Lia” prima che la porta della camera di Marina si chiudesse e mi ritrovassi sola con lei.

Camera sua si opponeva al resto della casa. Aveva fissato sulle pareti dei teli ampi, in cotone fine, di quelli che certi usano per il mare e che da piccola utilizzavo per costruire capanne e giocare agli indiani. Dappertutto c'erano abiti ammassati alla rinfusa, il cui colore dominante era il nero; poi libri, tantissimi libri, sotto la scrivania, sul comodino, sul letto, nell'armadio con un'anta aperta. Libri le cui pagine apparivano sgualcite, con gli angoli piegati a segnare qualcosa di bello che chissà se Marina andava mai a rileggere. C'era anche uno scatolone, accanto al letto sfatto, dove vidi con chiarezza almeno una ventina di taccuini neri, con un elastico dello stesso colore, uguali a quello su cui l'avevo vista scrivere a scuola e che aveva ritrovato nel cestino della carta straccia.

Marina prese la sedia davanti alla scrivania e la sistemò sotto la finestra. Si liberò dalla coperta che fino a quel momento aveva tenuto sulle spalle, più per posa che per freddo, e la lasciò cadere sul letto. Quindi spalancò la finestra lasciando che l'aria salmastra ci invadesse le narici, si sfilò le pantofole, salì prima sulla sedia, poi sul davanzale di marmo e infine si sedette. Tutt'a un tratto si protese con il busto verso fuori, facendomi mancare il fiato, e allungò il braccio a sinistra.

"Ma che fai?!" E le corsi incontro, temendo che cadesse.

"Stai calma!" replicò, prima di tornare nella posizione di prima. Adesso teneva fra le mani una scatola di legno intagliato – probabilmente un portagioie – che doveva aver preso da una nicchia nel muro esterno. La aprì e ne estrasse un pacchetto di sigarette. Se ne accese una. Tirò una lunga boccata. La guardai stupefatta. Mi fissò.

"Non deve saperlo," disse indicando la porta con un cenno della testa.

"Come non deve sapere che non sei malata e che non esci con me tutti i pomeriggi?"

"Proprio così."

"E non sente la puzza?"

"Magari sì, ma fa finta di nulla."

Mi sedetti sul letto, spostando quello che doveva essere il suo pigiama, un agglomerato di cotone bianco a righe blu. La guardai. Lei mi restituì lo sguardo.

"Perché menti a tua madre?" le chiesi. Mi impensieriva la naturalezza con cui lo faceva.

"Tu alla tua dici sempre la verità?"

Mi strinsi nelle spalle e guardai un punto lontano, fuori dalla finestra. "Mmm... in effetti no," risposi.

"E tu perché le menti?"

"Non è che mento. È che... ecco, non le dico tutto. Non è affar suo. Non sono sua."

"Sai che mentire e omettere sono la stessa cosa, vero?"

No, non lo sapevo. E non ero d'accordo con lei. Eppure, quella volta rimasi zitta: mia madre non sapeva che mi ero spinta così lontano da casa, e se lo avesse saputo mi avrebbe messa in punizione.

Marina sembrò soddisfatta dal mio silenzio. Spense la cicca contro il muro, la mise nella scatola e rifece tutti i movimenti che servivano per nasconderla. Poi, chiusa la finestra, si sedette per terra a gambe incrociate e mi guardò.

"E tu sai che quelle schifezze ti uccideranno, vero?" domandai.

Si strinse nelle spalle. "Di qualcosa dovrò morire, prima o poi." Prese un lungo respiro, guardò la mia sacca. Sembrò perdersi nei suoi pensieri. "Ma tu che ci fai qui?" domandò quando ne riemerse.

Arrossii. "Sono venuta a portarti i compiti. E comunque... esco con te tutti i pomeriggi."

Non colse la provocazione. "No, intendo cosa fai qui *davvero*."

"Volevo sapere come stai. In classe, l'altro giorno... non è stato bello."

"Ah no? Dici?" rise piano, ma intuii che si trattava di una forzatura. I suoi occhi si fecero più liquidi.

"No. Per nulla," risposi.

Tacque, rilassò la schiena contro la parete. "Non voglio tornare in quella scuola," disse poi, in un sussurro.

"Non puoi cambiare. Qui c'è solo quella," replicai sforzandomi di mantenere un'espressione serissima. Per un attimo sembrò trovarlo divertente. Abbozzò un sorriso. Poi tornò a rabbuiarsi.

"È strano pensare di non poter scappare. Che, per quanto tu possa correre, a un certo punto trovi il mare. Non so se ce la faccio. Mi sento soffocare," disse.

Pensai a nonna e a Nietta. A mia madre e a mio padre. E alla madre di Marina. Sapevo che l'isola può farti ammalare, sia che ti imponga di restare sia che ti costringa ad andare.

"Anch'io a volte mi sento così." Lo dissi e quasi me ne vergognai. Era la prima volta che davo voce a quello che fino ad allora era sembrato soltanto un pensiero sparso. Dentro di me mi accusai di mentire, di dirlo solo per ingraziarmi Marina. Ma sapevo che non era vero.

Mi guardò meravigliata. La patella che si ribella allo scoglio.

"Tu qui ci sei nata. Per te è diverso," obiettò.

"No, non lo è. Qui c'è chi nasce e già lo sa, che ci resterà tutta la vita. Gli basta tutto. E questo *tutto* è più di quanto potrebbe mai desiderare. Per mia nonna è stato così, forse pure per mia madre lo sarà. E per me..." Esitai.

Mi resi conto che mi stava prendendo le misure. Meritavo la sua fiducia?

"Io mio nonno di qui non l'ho conosciuto. Mia madre non ne parla mai. Ma doveva pensarla un po' come tua nonna. Lui dall'isola non se n'è mai andato." Si interruppe. "È strano questo posto."

Provai disagio a sentirla parlare di Tonino, del tutto ignara di quanto sapevo io. Non aveva ancora imparato che sull'isola le storie corrono veloci. In quel momento io ero le sue orecchie e i suoi occhi. E la incarnavo più di quanto mi facesse piacere ammettere.

"Sai cos'è divertente?" dissi, cercando di smorzare il sottofondo di cupezza con una battuta. "Noi qui neanche ci nasciamo... Sull'isola non ci sono ospedali. Certo, una volta qui si nasceva, c'erano le levatrici e tutto. Adesso invece ci si muore e basta."

Lei accennò un sorriso, ma non continuai. Avrei voluto spiegarle che gli isolani hanno le radici in terra e l'anima in mezzo al mare. Ma non trovavo le parole.

Trascorremmo il resto del pomeriggio insieme. Sedute per terra, a scambiarci libri, fogli, ripetere lezioni. Poi i miei occhi tornarono a posarsi fuori dalla finestra, sull'orizzonte striato di rosso.

"È meglio che vada," dissi, "o non riuscirò a rincasare prima che faccia buio."

Raccolsi le mie cose, indossai il giubbotto. Prima di uscire dalla camera mi fermai sulla soglia e le chiesi se l'indomani sarebbe venuta a scuola.

"No," rispose, "credo di poter fingere di essere malata ancora qualche giorno." Subito dopo mi guardò con maggiore intensità: "Ci vediamo domani?".

"Se vuoi, sì."

"Ti aspetto."

14.

Le onde alte scoraggiavano i marinai inesperti e incutevano un timore reverenziale in quelli che il mare l'avevano solcato per tutta la vita. Attiravano invece chi stava nel mezzo, che sapeva navigare portandosi dentro sia l'adrenalina sia la paura.

Una barca si avvicinava sempre più all'orizzonte, simile a una falena attratta dalla luce. Ferma sulla bici, scrutavo il panorama in attesa del lampo dalla sfumatura verdastra. Il cielo sopra di me era un caos di colori, quello dentro di me pure. Qualche passo più avanti anche un cormorano su una zampa sola lo contemplava, incerto se spiccare il volo.

Dopo la prima visita a Marina, tornai a casa come in preda a una grazia allucinata. Tolsi le scarpe all'ingresso per non sporcare, alla maniera di mio padre quando rientrava dalla campagna. Potevo sentire nelle suole lo scricchiolio dei sassolini che erano entrati mentre camminavo nella zona del Vosco. Qualche pietruzza cadde quando tirai fuori i piedi: le raccolsi in fretta guardandomi intorno, nel timore che vedendole mia madre capisse dov'ero stata. Sentivo la tivù accesa in cucina. Corsi in bagno, perché non si accorgesse che ero sudata dopo aver pedalato a tutta velocità rischiando di prendere un malanno. Mi infilai sotto la doccia, le mani che accompagnavano la schiuma, la testa che ripercorreva il pomeriggio trascorso con Marina.

Mi sedetti a tavola con i capelli ancora umidi. La cosa non passò inosservata: "Asciugali per bene e poi torna!" mi disse mia madre. Finsi di non sentire. Cominciai a mangiare in fretta, approfittando della televisione che colmava il silenzio. Non prestai attenzione ai miei, a un qualsiasi indizio che potesse rivelarmi come avevano trascorso la giornata. Non mi interessava. E forse era questo il primo vero segnale dell'ingresso nell'adolescenza, non i seni ingrossati o la rabbia che ogni tanto montava anche in assenza di una ragione precisa. Si trattava di mettere un argine fra il mio mondo e il loro.

Finii senza lamentarmi la fettina di carne, una di quelle fettine dure come il cartone, da masticare e rimasticare. Attesi che finissero anche loro, per poi togliere di mezzo piatti e bicchieri e lavarli. Una volta riposte le stoviglie, dissi solo: "Vado a fare i compiti".

Cosa si prova quando non si riconosce più il proprio mondo, lo intuii quel pomeriggio con Marina e quella sera in camera mia. Avevo accarezzato la speranza di varcare la soglia e di ritrovarla tale e quale a quand'ero bambina: il letto di legno con le sbarre che avrebbero dovuto contenere i primi passi troppo impetuosi; i peluche in fila, adesso conservati in un baule in soffitta, mischiati alle bambole di porcellana collezionate dalla nonna, con lo sguardo fisso, i boccoli e i cappelli di pizzo. Chissà se durante la notte i miei peluche, proprio come capitava a me, ne avevano paura. Anche il piccolo armadio verniciato di celeste mi mancava. Stava a destra del letto, e prima di andare a dormire mi assicuravo che le ante fossero ben chiuse fermando i pomelli con un elastico. Una volta, quando avevo dimenticato di farlo, ero sicura di aver visto strisciare fuori un'ombra. Allora avevo serrato gli occhi e mi ero nascosta sotto le coperte. Verso i sei anni, su quello stesso armadio avevo attaccato delle figurine che a otto avevo iniziato a staccare. Erano rimasti i segni della colla a ricordarne le sagome che si erano pian piano scurite per la polvere.

Era quasi come se quella sera mi fosse calato sulle pupille un velo che sovrapponeva il ricordo della mia camera infantile, com'era prima di essere convertita in un magazzino infestato da ogni sorta di carabattole, a quella di adesso. Nuova, virginea, da ragazza grande. Priva di qualsiasi conforto. Mi distesi sul letto incapace di aprire un quaderno, per poi svegliarmi a notte fonda, senza che lo stato di allucinazione fosse svanito. Mi alzai, andai in salotto. Vidi mio padre addormentato sul divano, gli girai intorno trattenendo il respiro, attenta a non svegliarlo. Passai in corridoio. Lì c'era l'unico mobile della casa che era stato graziato dall'ansia di rinnovamento dei miei genitori, uno scrittoio messo in quel punto da mio nonno. Quando era giovane aveva l'abitudine di raccattare quello che gli altri buttavano per dargli nuova vita. Né Nietta né mio padre volevano che venisse toccato.

Aprii il cassetto con attenzione e con altrettanta attenzione feci scorrere il doppiofondo, premendo con il palmo di una mano mentre con l'altra tenevo ben salda la maniglia, fino a sentire un piccolo scatto. Cercai a tentoni, nel buio, quel che sapevo già di trovare.

Negli occhi avevo ancora quella sera di fine estate, poco prima che Nietta partisse.

Stavo uscendo dal bagno quando l'avevo vista nel corridoio, davanti allo scrittoio. La sagoma era inconfondibile nonostante il buio: i capelli tirati in una crocchia severa, in contrasto con la silhouette di un corpo sinuoso, dolce, appena rischiarato dalla luce di una lampada accesa in salotto. Qualcosa, nel modo in cui si era guardata intorno, mi aveva fatto pensare che non volesse essere vista. Allora mi ero nascosta dietro la porta, non tanto per spiarla quanto per osservarla, sì, come a volermela imprimere nella memoria. L'avevo vista far scivolare qualcosa nel cassetto e richiuderlo con qualche manovra di troppo. Prima di andarsene, aveva guardato dritto verso l'uscio da cui la fissavo e mi aveva fatto un cenno con la testa in direzione dello scrittoio, come a sottintendere che, qualsiasi cosa avesse messo lì dentro in segreto, era per me.

Senza un vero motivo, fino a quella sera non ero ancora andata a vedere di che si trattava. Ma adesso era giunto il momento.

Erano due chiavi, una grande e una piccola, tenute insieme da un nastro lilla. La più grande era in ottone, da serratura vecchia, uguale a quella con cui papà aveva chiuso la camera della zia quand'era andata via. Anche la seconda, la più piccola, la conoscevo bene. Avevo visto Nietta portarla al collo per una vita: la tirava fuori per aprire il portagioie dove custodiva i proventi del suo lavoro da sarta e poi richiudeva tutto con cura.

Non avevo mai utilizzato quelle chiavi, ma mi ero chiesta spesso perché le avesse lasciate lì. Adesso che avevo finalmente trovato il coraggio di stringerle fra le mani, mi sembrava di invadere uno spazio non mio, anche se le chiavi Nietta aveva voluto lasciarle a me. Salii al piano di sopra, inserii la chiave d'ottone nella toppa. "Scusami," sussurrai nel vuoto, entrando.

Era rimasto tutto come l'aveva lasciato. Nietta aveva un ordine metodico, da donna abituata al mestiere della cura che le era toccato in sorte, un po' come a tutte, ma al quale lei infine si era ribellata. Era una camera austera, in legno scuro, mobili di recupero rimasti gli stessi da quando era bambina ma che sembravano essere cresciuti con lei fino a rispecchiarla, negli spigoli così aguzzi, nella mancanza di orpelli. La stanza era riassumibile in pochi pezzi fondamentali: un letto, un armadio, una scrivania, una sedia, un baule. L'unica cosa in disordine era il letto, rimasto sfatto, come se Nietta fosse potuta tornare da un momento all'altro per stendercisi sopra. Mi sedetti alla scrivania e fissai il portagioie. Anche quello era in legno, uno scrigno con una serratura. Esitai ad aprirlo, nella suggestione che lei fosse lì a fissarmi. Me la immaginavo seduta dall'altra parte della scrivania, in camicia da notte, l'aria scontrosa.

Che fai picciridda, non lo sai che non ci si impiccia nelle cose dei grandi?

Sei stata tu a darmi le chiavi.

Lei scuoteva la testa. *No. È quello che hai voluto credere tu, per poterti impicciare.*

È colpa tua se sono qui, non mi hai spiegato niente.

Ti ho detto quello che ti serviva perché potessi scegliere.

Scegliere cosa?

Sorrideva, come un gatto sornione, senza rispondere.

Zia, ma che succede se mi ammalo anch'io? Se viene anche a me questo malanima? Se viene anche a Marina...

Mi ignorava, adesso aveva in mano una spazzola e si ravviava i capelli, sorda.

Dimmelo zia, dimmelo.

Allora d'improvviso mi guardava, metteva giù la spazzola e cominciava a raccogliersi i capelli.

Bisogna sciogliere tutti i nodi, Mia. Non si scappa da niente.

Sobbalzai allo scricchiolio della porta alle mie spalle. Mi ero addormentata con la testa sulla scrivania, la fronte imperlata di sudore. Mi voltai di scatto, aspettandomi di veder entrare uno dei miei genitori. Ma era soltanto Ulisse, il gatto nero di Nietta. Non si era più fatto vivo da quando lei se n'era andata.

Entrò nella stanza e con un balzo salì sulla scrivania, nel punto in cui fino a poco prima avevo visto lei spazzolarsi i capelli. Si mise a pancia in su, iniziò a fare delle fusa sommesse, a strusciarmi il muso contro la mano.

"Lo so, manca pure a me," gli dissi. "Ma non era madre di nessuno di noi due."

Il gatto socchiuse gli occhi, come per assentire. Lo accarezzai ancora una volta, poi tirai fuori dalla tasca l'altra chiave, quella piccola, e aprii il portagioie. Era vuoto, fatta eccezione per una spiga di lavanda, conservata in un quadretto dalla cornice spessa. Me lo rigirai fra le mani, delusa. Non so cosa mi aspettassi di trovare. Ci sono segreti che diventano tali per l'ostinazione con cui ci leghiamo a loro per sopravvivere. Rimisi tutto a posto in silenzio, poi presi Ulisse e lo portai a letto con me.

Il giorno successivo mi venne la febbre. Non riuscivo a fare altro che dormire e sudare. Iniziai a credere che non si trattasse di una semplice influenza, ma che fosse venuto a prendermi il malanima. Quando mi svegliavo, toglievo le pezze che mamma mi metteva sulla fronte e pensavo a Marina, mi chiedevo se fosse arrabbiata, se avesse creduto che fossi anch'io una di quelle persone che fanno promesse e non le mantengono.

La notte prima della guarigione mi intrufolai di nuovo in camera della zia. Aprii il portagioie e presi il quadretto con la lavanda. Il senso di colpa aveva ceduto il posto alla rabbia. Non le dovevo nulla, credevo non mi avesse lasciato nulla eccetto quel quadretto, e dunque mi apparteneva, quanto la rabbia. Lo portai in camera mia e lo nascosi sotto il materasso, in corrispondenza del punto in cui poggiavo la testa. Poi acconciai i capelli in una treccia, per evitare che si formassero dei nodi. Erano così unti che presero la forma che volevo senza ribellarsi. In casa nostra, quando ci si ammalava, non ci si lavava fino a quando la temperatura corporea non scendeva sotto la soglia d'allarme. Per quel motivo, immaginavo gli strati di sudore che si accumulavano uno sull'altro e mi divertivo a chiedermi se un occhio esperto avrebbe saputo contarli e indovinare da quanto tempo ero malata, come i botanici contano i cerchi concentrici all'interno dei tronchi per calcolare l'età degli alberi.

15.

Marina tornò a scuola prima di me. La finta malattia sembrava averle giovato: i suoi capelli erano di nuovo in ordine, le ombre sotto gli occhi schiarite. Aveva con sé un taccuino nuovo, appena iniziato. Stavolta sembrava proteggerlo non soltanto con le mani, ma con tutto il corpo, curvo sulle pagine.

Mi accostai a lei e presi posto.

"Prima o poi mi farai vedere cosa scrivi?" le chiesi.

Lei trasalì, chiudendo il taccuino. "È soltanto quello che vedo," rispose, "non c'è nulla di interessante." Lo ripose nello zaino. "Ti ho aspettata, non sei venuta," disse. Non aveva un tono d'accusa. Suonava più come una constatazione dolorosa, sussurrata senza guardarmi.

"Lo so, scusami. Ho avuto la febbre. Non sapevo come avvertirti. Il tuo numero non è sull'elenco."

Lei annuì, soppesando quella risposta. "Ti credo," disse infine.

Ci alzammo per salutare l'ingresso in aula della Carlini, la professoressa di lettere. Aspettò che fossimo di nuovo seduti per dirci di aprire l'antologia. Ci chinammo tutte e due per prendere il libro, e Marina ne approfittò per sfiorarmi la mano.

"Adesso stai bene?" chiese sottovoce.

"Adesso sì."

Tornammo a parlare durante la ricreazione. Eravamo nell'aula da sole, il resto della classe era in cortile. Da quando avevo preso le parti di Marina, il giorno in cui aveva trovato il suo taccuino strappato, Nello, Giulia e Anna non provavano nemmeno a chiedermi di andare con loro, anche perché sapevano che avrei rifiutato. Potevamo osservarli dal davanzale della nostra finestra al primo piano, dove ci eravamo appoggiate a fare merenda. Loro si trastullavano seduti sulla stessa scalinata del giorno in cui Aldo mi aveva colpito col pallone.

Bisbigliavano e guardavano in direzione del Pendolo che, curvo davanti al cancello, dava da mangiare ad alcuni gatti randagi. Giulia scuoteva la testa, Anna rideva. Poi allungava un braccio verso Nello, come a cingergli la vita, ma lui si spostava, chinandosi per prendere una bottiglia d'acqua dimenticata nello zaino. Finché, come attraversato da un presentimento sotto forma di uno strano prurito alla testa che qualcuno di più superstizioso avrebbe potuto attribuire allo sfioramento di un demone, si voltò e alzò gli occhi, si fermò sulla finestra della classe e incrociò il mio sguardo. Subito mi girai dall'altra parte. Marina invece sembrava più serena. Giocherellava con la ciocca di capelli bianchi mostrandosi meno presente di quello che in realtà era.

"Sai, ci ho pensato," disse all'improvviso, "potremmo essere amiche." Smise di giocare con i capelli, quasi ora non ne avesse più bisogno, visto che il loro compito era stato portarla al termine di quella riflessione.

La guardai un po' stupita: "Credevo lo fossimo già".

Sorrise. "Forse, ma non ce lo eravamo ancora chiesto."

"Ed è qualcosa che si chiede?"

"Certo che sì. Quand'ero piccola, se volevo essere amica di qualcuno andavo e chiedevo. E poi... ti avevo detto di voler restare da sola."

"Va bene," dissi, anche se proprio piccole non lo eravamo più. "Allora... possiamo essere amiche?"

"Sì."

"Sì e basta?"

"Sì e basta," sentenziò. E tornò al suo panino, che però sembrava sempre allo stesso punto. Diede un altro paio di morsi, quindi si mise a guardare anche lei nel cortile.

"Come vanno le cose con loro?" Alludeva a Nello, Giulia e Anna.

"Non vanno. Forse è come dici tu: noi di essere amici non ce lo siamo mai chiesti. È capitato."

Annuì, assorta. "Quando sono tornata e il tuo banco era vuoto, è stato Nello a dirmi che eri malata."

"Suo nonno avrà parlato con mia madre."

"Mi è sembrato contento del fatto che io non lo sapessi."

"È possibile. C'è gelosia nei confronti di chi viene da fuori. Un'estate c'era un bambino, Gabriele... Lo incontravo tutti i giorni in spiaggia. Ce ne sono tanti così, li vedi un mese l'anno e basta. Costruivamo castelli di sabbia e scavavamo un fossato profondo quanto bastava per arrivare all'acqua. Se arrivi all'acqua e poi la rabbocchi con un secchiello, la sabbia non la assorbe così in fretta. Comunque iniziai a dare buca agli appuntamenti a pallone con Nello. Così, un giorno lui si presentò in spiaggia e venne a giocare con noi. Fra una cosa e l'altra, cadde sul castello che stavamo costruendo da giorni. Lo coprivamo con un telo, stavamo attenti a farlo arrivare al giorno successivo. E lui ci inciampò sopra, così. Ogni tanto penso che l'abbia fatto apposta."

"Capita a tutti di sbagliarsi," disse Marina.

Stavolta fui io ad annuire. Sbagliare non mi piaceva. Trovavo fosse una cosa da fare con parsimonia. Non avevo ancora capito che è una di quelle cose inevitabili, quando si cresce.

"E tu... avevi degli amici nella tua città?"

Per un attimo le rividi sotto gli occhi le ombre della finta malattia.

"Sì," mi disse. "Ma non è bastato chiedercelo per restarlo,

ora che me ne sono andata. Fa paura avere amici nuovi quando non hai saputo tenerti i vecchi."

Tacqui, pensando a quanto quell'affermazione valesse anche per me. Ci alzammo e la seguii al banco, la campanella di fine ricreazione era suonata.

"Se siamo amiche devi aiutarmi a fare una cosa," disse.

"Sarebbe?"

"Se oggi vieni, ti faccio vedere dove vado tutti i pomeriggi, quando dico che sono con te."

16.

La casa abbandonata era nuda e scarnificata. Sembrava che durante gli anni di assenza di Marina e di sua madre il mare l'avesse presa a unghiate, tirando giù l'intonaco del prospetto e facendo espandere la pietra nuda, grezza, da cui si riversavano cascate disordinate di cappero e convolvolo.

Quel pomeriggio io e Marina inforcammo le bici e uscimmo dal vialetto della loro villa. Poi svoltammo a sinistra, costeggiando la proprietà, fino a quando il muretto si fece da nuovo a dissestato, con le pietre che rotolavano fuori asse come se un gigante gli avesse tirato un calcio. Avevo creduto che ci stessimo dirigendo alla cala con l'arco d'Ulisse, quando di colpo Marina svoltò a destra e tornò indietro, iniziando a risalire verso casa sua ma dalla parte opposta. Scese dalla bici e, dopo aver percorso ancora qualche metro spingendola, la nascose in una macchia di rovi a bordo strada. Si capiva che non era la prima volta: all'interno del cespuglio i rami erano già schiacciati.

Poggiai la bici sulla sua, stando attenta a non incastrare i pedali. Quindi mi alzai il cappuccio della felpa e la guardai con espressione interrogativa. Lei aveva appena finito di raccogliersi i capelli in una treccia e si preparava a scalare il muretto. Infilò il fondo dei jeans dentro i calzini di spugna, dopo aver provato senza successo a risvoltarli. Da un po' aveva smesso di portare le calze velate e le gonne nere, e adesso capivo il perché: aveva le gambe coperte dai graffi che si procurava tutti i giorni passando attraverso i rovi. Si issò sul muretto e scomparve dalla parte opposta.

"Allora? Non vieni?" la sentii dire.

Mi guardai intorno, feci un doppio nodo ai lacci delle scarpe e la seguii. "Perché abbiamo fatto tutto questo giro? Potevamo passare benissimo da casa tua."

"Non voglio che lei lo sappia," fece Marina, e indicò con un cenno del capo la villa dietro di lei, dove Lia Amato credeva che sua figlia fosse uscita con me per fare un giro in spiaggia.

Ci incamminammo nell'erba alta, piena di spighe secche che in primavera avrebbero ceduto il posto all'asfodelo, la pianta dai fiori bianchi a grappoli che secondo i Greci cresceva nei prati dell'oltretomba. Stavamo chine per evitare che sua madre, affacciandosi, ci vedesse. Ci fermammo soltanto una volta arrivate alle spalle dell'edificio, la casa di Tonino Amato. Gettammo gli zaini sotto il tronco grigiastro di un grosso albero di limoni e ci sedemmo lì. Restammo in silenzio per un po' ad annusare l'aria salmastra in cui si mischiava l'odore dell'erba, ad ascoltare il ronzio delle api.

Fui io a parlare per prima. "Allora è qui che vieni di solito?"

"Sì."

"E perché?"

"Volevo un posto solo mio. Lei qui non viene. È come se ne avesse paura."

Fissava la casa e i suoi occhi erano pieni di tristezza. "Qui ci viveva mio nonno, Antonio. Lei non ne parla mai. Io però ho bisogno di sapere."

"Sapere cosa?"

"Quello che non mi dice. Su di lui, su mio padre e su di lei."

Si capiva che le costava affrontare l'argomento. Allora non mi ero resa conto di quanto le guance le si fossero tirate nelle ultime settimane, di quanto fosse adulta quella volontà di sapere.

"Non puoi chiederglielo?"

"Ci ho provato. Dice che per me è meglio non sapere. Ma io non le credo."

"E cosa c'entra la casa?"

Guardò le finestre sbarrate dalle assi e le porte murate, studiandole per quella che doveva essere la centesima volta. La sua mente era così satura del problema che riuscivo a percepirlo senza che aggiungesse altro. La immaginavo dibattersi in corridoi ciechi, bui, con i polpastrelli ormai consumati come unica guida. A un certo punto scosse la testa, quasi a volersi destare dal torpore. Si accese una sigaretta, il tremolio della fiamma echeggiava quello della mano. Tirò una lunga boccata.

"Sento che se riuscissi a entrare potrei trovare qualcosa," disse. "Quando ero qui da poco mi si è avvicinata una vecchia. Mi ha chiesto a chi appartenessi. *Appartenere*... che verbo strano da usare per una persona... Le ho detto che sono la figlia di Lia Amato, e lei ha cambiato faccia." Fece una pausa, si rigirò la cicca fra le mani. "Mi ha risposto che mia madre è una strega e che ha ucciso mio nonno. Poi se n'è andata."

Marina aveva un modo definitivo di dire ciò che pensava. Aspettava il momento giusto per sferrare la sentenza come uno stiletto nel fianco dell'interlocutore. Ancora oggi mi chiedo se fosse una strategia che utilizzava per far sì che le persone si rivelassero – soltanto i bugiardi più incalliti mentono se colti di sorpresa, tutti gli altri si tradiscono – o se fosse piuttosto un'attitudine dettata da un'inclinazione alla teatralità, una richiesta di attenzione. Ma con me non serviva: la mia attenzione era già sua.

"Mi aiuterai a entrare?" mi chiese.

Non potei fare altro che annuire.

Sull'isola erano solo due i posti in cui i capperi facevano in tempo a ingrossarsi fino a diventare boccioli e poi fiori, fiori scapiddati e ricadenti, con i petali bianchi acquerellati di fucsia e i lunghi stami, che qualcuno chiamava orchidee di mare. Di quei posti, il primo era la casa delle suore, cinta da mura così alte che non si sapeva se servissero a trattenere dentro loro o a tenere fuori noi. Proprio in cima a quelle mura stava un cappero sfacciatissimo, sia perché a un'altezza tale da impedirne il latrocinio, sia perché, anche se qualcuno fosse riuscito ad arrivare lassù senza essere visto, male avrebbe sopportato lo sguardo inquisitore che veniva dal cielo.

Il secondo posto a incutere un timore tale da scongiurare la raccolta dei capperi era la casa di Tonino Amato. Lo scoprii quel pomeriggio, mentre mi arrampicavo su uno dei versanti devastati della casa per valutare se ci fosse un modo sicuro per entrare, e mi ritrovai di fronte a una pianta rigogliosa, alla quale nessuno sembrava aver nuociuto da tempo e che, proprio per quel motivo, ero certa che in tarda primavera avrebbe regalato un'esplosione di fiori.

Ero stata io a proporre a Marina di sfruttare la visuale dall'alto, dopo che mi aveva rivelato che alle dicerie su sua madre forse ci credeva. Certo, una strega non poteva esserlo, quelle erano soltanto superstizioni di paesani e creduloni. Avevo lasciato cadere il discorso dicendo che, prima di tentare altre vie, avrebbe avuto senso scoprire se magari il tempo avesse creato altre aperture. Avevo detto di essere brava ad arrampicare e di averlo già fatto in passato, anche se non era vero. Nella mia testa c'era la voce del piccolo Totò che spiegava a Giulia e ad Anna come salire sulle pareti di Palazzo Florio: la voglia di fare qualcosa del genere ce l'avevo anch'io, quasi a voler riparare il torto che il destino aveva inflitto a Totò.

Avevo inserito i piedi nelle fenditure del tufo e con mio stupore ero arrivata quasi sul tetto, fino a scorgere il cappero e i nidi dei gabbiani che avevo visto da lontano. Vidi anche che una breccia c'era, ma non sicura: al centro della casa, sembrava che il tetto avesse ceduto. Mi bastava guardarlo per sentire le mani che da salde diventavano incerte. Tornai a terra, i battiti accelerati.

"Niente da fare. Dovremo entrare da lì," dissi indicando una porticina in uno dei lati più nascosti della casa. Era l'unica apertura per la quale non avevano utilizzato i blocchi più grandi e pesanti.

"Vieni," dissi a Marina, e le feci strada prendendola per mano. "Vedi? Questi tufi sono più piccoli degli altri. Dovremmo riuscire a spostarli. Possiamo toglierli e ricreare il muro poco più avanti, così da lontano nessuno si accorgerà che abbiamo aperto un passaggio."

Sembrò sorpresa da tanta prontezza.

"Guarda," le dissi.

Dal Pendolo e da mio padre avevo imparato che conveniva portarsi sempre dietro un coltellino a serramanico. Un oggetto che secondo i più non si addiceva a una signorina e che, anche per questo, avevo fatto scivolare nei jeans senza farmi scoprire la prima volta che ne avevo trovato uno abbandonato per casa. Lo tirai fuori sotto lo sguardo sbigottito di Marina, quindi affondai la lama tra un tufo e l'altro per eliminare la polvere e verificare la mia ipotesi. Scorreva con facilità: quella che si era accumulata negli interstizi era soltanto sabbia e non calcestruzzo.

"I mattoni non sono fissati, non c'è cemento. È quello che chiamano muro a secco. Sono facili da togliere, ce la possiamo fare."

"Come fai a sapere tutte queste cose?" chiese lei.

"Guardavo sempre mio padre in campagna."

"Fa il muratore?"

"No, lui coltiva. Ma fa un po' di tutto," risposi troncando il discorso. In quegli anni i soldi avevano iniziato a scarseggiare, e papà si arrangiava come poteva, spaziando dalla potatura delle piante ai lavori di manutenzione nelle case dei vacanzieri, che stavano diventando più numerosi degli isolani. Anche frutta e verdura avevano cominciato ad arrivare da fuori, aumentando la concorrenza e facendo abbassare i prezzi. Così, sempre più spesso, lo vedevo rientrare la sera con la motoape ancora carica.

"Vieni, aiutami," dissi a Marina.

Lavorammo un intero pomeriggio. Recuperammo una scala abbandonata che sembrava ancora salda e la poggiammo contro il muro. Con Marina che la reggeva da sotto, cominciai a estrarre e buttare giù i mattoni. Non le dissi che, appena rimossi i primi, uno spiffero gelato proveniente dall'interno della casa mi aveva fatto accapponare la pelle, perché forse anch'io mi ero lasciata suggestionare dai suoi racconti. Continuai a sfilare i mattoni e, tolta una fila, scendevo giù e aiutavo Marina a costruire l'altro muretto, in un passo a due che da un lato mi rendeva felice perché mi consentiva di trascorrere più tempo con lei, ma dall'altro mi inquietava, perché sapevo che una volta finito saremmo potute entrare.

Quando il varco divenne abbastanza grande, nonostante il sole si stesse abbassando all'orizzonte, iniziammo a distinguere l'interno della casa, dal quale si sprigionava un odore acre e dolciastro di muffa. Riconoscevamo i contorni di alcuni mobili in legno gonfi per l'umidità, e i muri scrostati, con la pittura che si sollevava in riccioli disordinati. C'erano cumuli di guano negli angoli, in corrispondenza delle parti alte degli arredi che gli uccelli utilizzavano come trespoli. Poi mucchi di sterpaglie, ciuffi di erba secca e terriccio, che dovevano aver portato lì per nidificare.

La sensazione di gelo che avevo provato rimuovendo i primi mattoni di tufo non mi abbandonò, anzi, scese dalla nuca lungo la schiena, facendomi rabbrividire. In questi casi zia Nietta diceva sempre che era passato un angelo. Ma quel pomeriggio non ne ero così sicura. Non io, ma la paura in me, divenne improvvisamente adulta.

"Sai," dissi a Marina, distogliendo lo sguardo dall'interno della casa in una posa che fino a quel momento, come in uno specchio, aveva rimarcato la sua, "penso che per oggi dovremmo finire il muro e aspettare domani per entrare. Non voglio fare tardi."

Annuì. Forse era stanca o forse anche lei, come me, aveva paura. Proprio adesso che eravamo pronte a entrare.

17.

L'indomani pomeriggio, prima di andare da Marina, misi nel marsupio la spiga di lavanda di Nietta. Mi sembrò un'intuizione giusta, come se potesse proteggermi dall'energia di un posto che, senza ancora averlo visto, percepivo già come ostile. Un posto che faceva parte delle case dell'anima, quelle che non sono di nessuno perché trattengono gli spiriti di tutti coloro che hanno solo creduto di possederle, e che poi attraverso la pietra sussurrano storie mai raccontate, in un passaggio di testimone che oggi come allora mi fa paura. Così avveniva e avviene su quest'isola, che pretende di dimenticare chi parte, ma di nascosto ne trattiene le radici, rendendoci alberi destinati a cadere al primo soffio di vento.

Trovai Marina in attesa di fronte al passaggio che avevamo aperto. Risplendeva di risolutezza, la mia espressione invece doveva trasmettere l'esatto opposto. Mi chiese se avessi cambiato idea.

Scossi la testa. "Andiamo," risposi tirando fuori dalla tasca la torcia che mi ero procurata nel capanno di mio padre.

All'interno la Villa dei Mori era uno scheletro mal vissuto del quale la natura aveva provato a riappropriarsi.

La prima stanza, quella con i nidi e i mobili gonfi, era rivestita di maioliche incrostate e doveva essere stata una cucina. Accatastate negli angoli c'erano pentole di rame ossidate, al centro di una parete un frigo arrugginito e una cappa lurida da cui pendevano, attaccati a una sbarra di ferro, mestoli, schiumarole e utensili vari; infine una dispensa sui cui scaffali erano allineati barattoli con il bordo pieno di muffa.

Era strano vedere Marina lì dentro. Lei e la casa erano estranee, eppure si appartenevano. Si aggirava in mezzo agli oggetti come se si aspettasse di riconoscerne uno da un momento all'altro, sobbalzando allo stridio del vento che si insinuava negli infissi o al garrito dei gabbiani. Ogni tanto strusciava con forza la suola sul pavimento per esporre e osservare, sotto strati di polvere e sporcizia, il disegno e i colori delle mattonelle.

Ci infilammo in un corridoio, dove le fotografie in bianco e nero appese alle pareti e muffite sembravano ormai senza volto. Mi parve di cogliere in una il taglio degli occhi di Marina, in un'altra quello delle sue labbra. Superammo una stanza da bagno dalla porta divelta. Qualcuno prima di noi doveva aver vinto la paura di entrare: sul pavimento c'erano segni di trascinamento di mobili che probabilmente una volta avevano avuto un posto preciso e adesso erano in casa di chissà chi. Doveva essere stato quello il motivo delle aperture bloccate, forse un vicino premuroso o magari soltanto preoccupato che, una volta finito di depredare quella proprietà, sarebbero passati alla sua.

Il corridoio terminava nella stanza più grande della casa, un'immensa veranda chiusa di legno e pietra. La tettoia era attraversata da travi spesse, una delle quali aveva ceduto facendo crollare una porzione di soffitto che adesso rivelava il cielo. Da lì il cappero si insinuava per poi ricadere verso il basso e da lì entrava anche tutto il resto: gabbiani, piume, residui di uova schiuse, sabbia e Maestrale. Marina lasciò andare un risolino e si abbandonò su un divano che la avvolse in una nube di polvere.

"Cos'hai da ridere?" La tenevo d'occhio da quando eravamo entrate, nel timore che si facesse prendere da sconforto, paura o Dio solo sa cosa. I suoi occhi mi erano parsi avidi e incerti, ma lasciavano trasparire una certa malinconia che non ero ancora riuscita a decifrare.

"Te lo immagini mio nonno seduto qui, con un buco sul tetto?"

Accennai anch'io un sorriso. Per come mi figuravo Tonino Amato – fiero, attento alle apparenze, all'antica –, la cosa avrebbe potuto farlo incazzare parecchio.

"Lo immagino più su una di quelle," risposi indicando una sedia a dondolo abbandonata in un angolo, tale e quale a quella del sogno sul malanima. Rabbrividii. Mi sedetti accanto a Marina ma senza guardarla, nel terrore di ritrovarmela senza vita. Il gelo nella schiena era una presenza strisciante che non mi lasciava. Mi appoggiai alla spalliera del divano e rivolsi gli occhi al cielo. Allungai poi una mano fino al fascio di luce, per sentire il calore del sole sulla pelle. Restammo per un po' così, in silenzio. L'odore di muffa e abbandono su per le narici, nelle trame dei nostri abiti.

"Non so se potrebbe mai essere casa mia," disse lei a un certo punto.

Guardava all'insù come chi si sforza di non far scendere le lacrime. Non capivo cosa si aspettasse di trovare.

"È un po' vecchia, ma magari ci si può fare qualcosa," dissi io.

"Non parlo soltanto della casa. Parlo di quest'isola."

Tacqui, non sapendo bene cosa dire. La sua era una sensazione di non appartenenza che a volte avevo sperimentato anch'io: quando l'isola mi aveva portato via la nonna, che si rifiutava di lasciare lo scoglio per non rischiare di morire lontano; quando mi aveva portato via Nietta, che invece si era detta di non poter morire lì senza aver vissuto altrove. Infine, quando mi ero ritrovata da sola, prima di conoscere Marina.

"Qui c'è un modo per chiamare questa cosa. Questa sensazione che hai quando sei in un posto in cui non vorresti stare. E allora le cose si complicano e tutto sembra andare contro di te."

"Cioè?"

"Lo chiamano malanima. Io però non so se ci credo. Mi sembra un'altra di quelle cose che si raccontano gli adulti. Come chi dice che tuo nonno è morto per colpa di tua madre o che tua madre è una strega. Penso siano modi fantasiosi che si inventano per spiegare quello che non vogliono capire."

"E cos'è che non vogliono capire?"

"Che se si forzano le cose, tutto va storto."

Ci pensò su. Le si formarono due piccole rughe in mezzo alle sopracciglia.

"Quando sarò grande, me ne andrò dove voglio," mi disse.

Era la frase che le avevo visto levitare intorno fin da quando l'avevo conosciuta, e forse il vero motivo per cui mi ero interessata a lei.

"Ce ne andremo insieme," risposi allora. Eppure già mi sorprendevo a cercare modi per convincerla a restare, senza rendermi conto che in questo modo la maglia si infittiva, che le mie radici non erano sciolte quanto le sue e che uno strappo secco rischiava di rovinarle per sempre. Non avevo ancora compreso il confine sottile che divide quello che si pensa da quello che si fa, che un conto sono le idee che ti fai della vita, un altro la strada che imbocchi. E che lì nel mezzo stanno i desideri, che tante volte divergono dalla ragione.

Marina prese molto seriamente quella risposta. Assunse l'espressione fiera e decisa di certe statue di divinità greche, che anche se non possono fissarti perché hanno gli occhi privi di pupille, ti senti addosso il loro sguardo.

"È per questo che è meglio non avere amici. Senza amici né famiglia, nessuno pensa a te quando te ne vai. Nessuno può farti cambiare idea."

"E tua madre?"

"Quando arriverà il momento, si vedrà," rispose con un misto di severità e malinconia, più umana che statua.

Non continuammo la conversazione perché venimmo interrotte da un pigolio dietro di noi. Ci alzammo e andammo a guardare dietro il divano.

Il verso apparteneva a un pullo di gabbiano, forse caduto dallo squarcio nel tetto, che strepitava sbattendo le ali nere non ancora adatte a volare, con le piume arruffate e sporche qua e là di sangue e polvere. Era precipitato di sotto attraverso il pavimento sfondato dalla trave venuta giù dal soffitto. Brillava alla luce della torcia. Io e Marina ci guardammo, sapevamo già cosa fare: di lasciarlo lì non se ne parlava, e dopotutto non eravamo entrate in cerca di avventure?

"Vado io per prima," disse.

La discesa era costituita da una parete di tufo in cui erano stati ricavati gli incastri per mani e piedi. Doveva condurre al locale cisterna o a una vecchia cantina, ma non immaginavo qualcuno che potesse desiderare una cantina così scomoda.

Marina si calò all'interno con me che le illuminavo la via, dall'alto. Arrivata di sotto, rimase in silenzio.

"Mia, vieni!" urlò poi, la voce che rimbombava.

"Ne sei proprio sicura?"

"Sì."

Le gettai la torcia, così che potesse illuminare la strada per me, e scesi anch'io.

Quello che trovai di sotto mi lasciò a bocca aperta. Sapevo dell'esistenza di posti così sull'isola, al Cavallo, a Cala Rossa o al Bue Marino, ma non c'ero mai stata. Non erano posti "per femmine" o per ragazzini e, anche se la cosa non mi aveva mai fermata, tutto quello che si trovava sottoterra mi dava una sensazione di claustrofobia che fino a quel momento non avevo voluto sfidare.

"È una vecchia cava," dissi a Marina.

Davanti a noi si allargava una distesa di grotte squadrate scavate nella pietra della quale non sapevo indovinare l'estensione, le grotte avevano soffitti alti quasi cinque metri, retti da pilastri di calcarenite che via via che si avvicinavano al pavimento diventavano più sottili, tanto da rendere l'ambiente più simile a una cattedrale sotterranea che a una cava. Tutto era bianco per il tufo delle pareti e del pavimento, e solcato dai reticolati che i cavatori incidevano come guida per l'estrazione del cantune successivo. L'aria era umida, pesante dell'acqua che riempiva la parte bassa di alcune camere delle grotte, creando vere e proprie vasche di acqua immobile, luccicante alla luce della torcia.

"Come mai hanno costruito una casa qua sopra?" domandò Marina.

"Una volta si faceva. Penso per avere l'acqua. Nelle cave si scavava fino ad arrivare alle falde acquifere. Qua è sempre stato difficile avere acqua che non fosse salata. Ora nessuno costruisce più sopra le cave, hanno capito che non è sicuro."

Intanto fissavo certi angoli anneriti dall'umidità, che doveva essere stata la causa del crollo delle travi.

"Ma non sapevo lo facessero anche su delle cave così belle," aggiunsi.

Eravamo così colpite da esserci quasi dimenticate della gabbianella per cui eravamo scese. Non appena ci aveva viste lì sotto si era come rabbonita, zittendosi. O forse si era soltanto immobilizzata per la paura. Marina le si avvicinò.

"Ha un'ala spezzata," disse.

18.

I pomeriggi passavano così: dopo pranzo facevamo i compiti, intorno alle cinque ci calavamo nella cava. Con una stecca e una pezza strappata da un vecchio lenzuolo avevamo creato una fasciatura di fortuna per la gabbianella, guadagnando mali sguardi e colpi di becco, ma anche gratitudine, ogni volta che tornavamo da lei per darle da mangiare certi pescetti che ci metteva da parte lo zù Nunzio, uno dei pescatori di Punta Longa.

Marina non sapeva riconoscere i pesci, cosa significassero squame lucenti o un occhio intriso di sangue, e sobbalzava se, mentre tornavamo a casa pedalando, li sentiva muoversi e guizzare nella borsa di plastica, perché ce li avevano dati "troppo vivi".

Quell'anno l'inverno era arrivato presto sull'isola, ma già a fine febbraio stava scemando, e io avevo salutato la primavera anticipata proprio con Marina nel vecchio borgo marinaro. La bonaccia lasciava intravedere nel fondale, tra le cime dei pescherecci piene di alghe e lippo, la plastica portata dalle mareggiate dell'inverno. Se non si prestava attenzione si rischiava di confonderla con le meduse, anche quelle trasparenti e ammassate sul fondo nei punti in cui si ammagliavano per la bassa marea, fino a disfarsi e rimanere senza vita.

Lo zù Nunzio ci dava i pescetti in cambio di certi aiuti per la sua barca. La sciacquavamo a secchiate per ripulirla dai residui di alghe e pezzetti di fondale che si incagliavano nelle reti insieme ai pesci. Talvolta ci trovavamo anche bestie morte, come murene e granchi di scoglio, che Nunzio scartava dalla vendita.

Era un compito che Marina aveva accettato di svolgere non senza un certo disgusto e senso di colpa. Stava scoprendo allora quello che io avevo capito già da tempo: i pesci nascono nell'acqua e ci sono tutta una serie di atti da compiere per accompagnarli alla morte. Alla fine, dopo qualche ritrosia, il senso del dovere nei confronti della gabbianella da salvare aveva prevalso. Nel giro di qualche giorno, Marina aveva iniziato a saltare a piedi scalzi da una barca all'altra all'interno del porticciolo, senza più paura del ballonzolio causato dalle onde e dal vento.

Lo zù Nunzio era un vecchietto con le mani annerite e la pelle così tesa sulle giunture da farlo assomigliare a una sarda sotto sale. Nonostante la calvizie, aveva conservato certi sopraccigilioni neri che gli conferivano una perpetua espressione giudicante, in contrasto con la sua natura bonaria. Si sedeva sempre nello stesso punto ai piedi del porticciolo di Punta Longa e lanciava in aria un'acciuga che regolarmente veniva presa al volo da un gabbiano. Poi tendeva il braccio e il gabbiano ci si appollaiava sopra. A suo dire andava avanti così da anni e allora gli aveva dato un nome: Ciro.

Proprio per questo sodalizio non si era tirato indietro quando gli avevamo raccontato della nostra missione segreta.

"Un abbazzo in una cava?" aveva detto corrugando le sopracciglia. "Non durerà molto."

Delle leggi della natura era nostromo e marinaio e, quando non gli serviva il nostro aiuto per il peschereccio, con gli stivali di gomma sempre addosso, senza dire una parola, si dirigeva verso il casotto dei pescatori. Noi lo seguivamo caracollando, stando ben attente a evitare i cuscinetti di timo e calendula marittima che in quel mese di febbraio ammorbidivano gli scogli aguzzi di Punta Longa.

Il casotto dei pescatori era un'ampia baracca di legno dipinta d'azzurro, con la vernice che in certi punti veniva via a riccioli, a regalarle lo stesso aspetto dimesso che hanno le barche a secco da troppo tempo.

Appena si entrava, la vista correva verso l'alto, all'unica finestra che illuminava un soppalco dov'erano accatastati motori malmessi e oggetti dalla natura imprecisata. Sotto stavano grandi bacinelle bordate di sughero con appuntati in fila gli ami dei conzi che contenevano, e tutt'intorno spirali di reti, galleggianti e piombi. A destra c'era un tavolo da lavoro completo di cugni, e poi ferri, cacciaviti, chiavi esagonali, pinze, cesoie, piccole presse per i piombi delle lenze, ganci e gancetti, lenze e mulinelli. Io e Marina ci fermavamo sull'uscio, un po' perché nessuno ci aveva invitate, un po' perché quasi sempre, seduti al tavolino al centro della stanza, stavano altri vecchi pescatori, alcuni ancora vestiti da lavoro – tuta impermeabile e stivaloni –, altri con i loro giacconi e i loro abiti da terraferma e magari un berretto con la visiera calcato sulla testa. Stavano lì a giocare a tressette e a bere vino, ad attendere che si facesse il momento di tornare in barca fra 'na pisca e 'na sarciuta. Li guardavamo, senza osare disturbarli, mentre aspettavamo che Nunzio andasse alla parete di sinistra, in un punto nascosto alla nostra visuale da un pescatore grosso come una montagna con una folta barba nera, e tornasse da noi con delle canne da pesca fra le mani.

"Teni ccà," mi disse, e rientrò giusto quell'attimo che serviva a uscire di nuovo con due secchielli, uno più piccolo con il coperchio e uno più grande, celeste, con il manico di ferro.

"Si va a pescare."

A quel punto io e Marina ci guardammo, timorose ma eccitate, impazienti di metterci alla prova. Proseguimmo fino alla punta estrema di quella lingua di terra, fino al tratto da cui si vedeva l'altra città in lontananza. Quella le cui luci mi soffermavo a guardare quando tornavo in bici ed era già buio, luci che corrispondevano per me alla promessa di un altrove.

Nunzio si diresse verso uno scoglio piatto e ci si stravaccò, come se a malapena riuscisse a reggere il peso del suo corpo.

"I pesci che volete usare," ci disse serio, ricomponendosi, "dovete anche imparare a pescarli."

Io e Marina facemmo sì con la testa, complici. Lui prese le canne da pesca, ce ne mostrò una.

"Qui ci sono canna e lenza, poi mulinello e archetto... Vedete, se sollevate l'archetto, succede questo." Lo mosse col pollice e la lenza si srotolò di colpo, fino a toccare a terra con il piombino. "Una volta che è in acqua, chiudete l'archetto per fermare la lenza. Se sentite toccare significa che mangiano: allora date un colpo verso su", e mimò il gesto con la canna da pesca. "Se qualcosa abbocca, tirate arrotolando il mulinello." Cominciò a girare, fino a portare l'amo quasi sulla punta della canna. Lì si fermò. "Chiaro?"

Io e Marina annuimmo. Lui si voltò, si mise a scrutare il mare.

"Oggi c'è Scirocco, l'acqua è trubbula: proviamo a pescare saraghi. Sono furbi, se l'acqua è limpida vedono la lenza, non s'avvicinano... Ma oggi no: oggi li prendiamo."

Si voltò alla sua destra, prese uno dei secchielli, quello celeste. "Tieni, riempilo d'acqua di mare," disse a Marina. "Serve per metterci i pesci, dopo."

Quando Marina glielo ebbe riportato, dopo essere scesa fino al bordo della scogliera, Nunzio se lo mise accanto. Prese poi l'altro secchiello, quello col coperchio, e lo aprì. Marina scattò indietro, io mi avvicinai. Era pieno di vermi scuri, sottili e lunghi. "Trimulina," disse il vecchio pescatore. Ne strinse uno fra i polpastrelli e lo spezzò a metà. "Troppo lungo non va bene," spiegò, e lo mise sull'amo. "Che fai, non vuoi provare?" chiese allora a Marina, porgendole il secchio.

Marina scosse la testa con vigore. "Io quelli non li tocco." Poi, esitando: "Penso che andrò via".

La presi da parte, quasi lacrimosa. "Dai, io voglio vedere, restiamo."

Era infastidita. Guardava un punto vicino al mio orecchio invece di me.

"Veni ccà, puoi fare un'altra cosa!" disse allora Nunzio. Marina e io ci riavvicinammo.

Lui si rivolse a me: "Tu inizia a pescare, l'esca è già messa". E mi porse la canna. Era più leggera di quanto mi aspettassi. Il vecchio accompagnava i miei gesti con le sue mani. "Apri l'archetto, tieni la lenza, tiri e molli." Diresse la canna nel suo moto oscillatorio, finché, allungandosi, il filo con l'esca non fu in acqua. "Senti che tocca il fondale? Adesso chiudi l'archetto e tira con il mulinello, finché la lenza non è tesa... Ora aspetta. Se qualcosa tira, mi chiami."

Annuii. Mi sedetti sul picco dello scoglio, mi guardai intorno: le onde in lontananza erano pennellate di schiuma bianca, scemavano fino a congiungersi all'orizzonte che si arrossava. Nunzio intanto era andato a prendere Marina. La guidò sugli scogli alla nostra sinistra, più riparati dallo Scirocco, l'andatura claudicante ma leggera. Era magrissimo, i vestiti gli ballavano addosso. Immaginai che quando si passa la vita in mare gli elementi del corpo inizino quasi a scomporsi in una sorta di processo osmotico che rende gli organismi più adatti a navigare. Lo guardavo e vedevo nelle sue movenze le stesse fluttuazioni della posidonia nei fondali. Nel frattempo sentivo come delle piccole vibrazioni, che dalla lenza risalivano fino all'impugnatura della canna da pesca. Tiravo su ma non c'era nulla, solo alghe, che ributtavo in acqua sbuffando.

"Quando si parla di saraghi, c'è un segreto che pochi conoscono," stava dicendo Nunzio a Marina. "La trimulina è buona, sì, ma c'è 'na cosa che è anche meglio." Tirò fuori dalla tasca un coltellino, si abbassò in corrispondenza di alcune conche d'acqua di mare create dagli scogli e si mise a trafficare. "Per prendere le patelle serve la marea giusta, ma qui si trovano sempre. Non lo dire a nessuno." Mentre parlava seguiva con la lama il contorno del mollusco, in cerca del punto giusto su cui esercitare pressione. Lo trovò. Incuneò la punta, la mosse avanti e indietro piano piano. La conchiglia gli cadde sul palmo aperto. "Tieni," disse a Marina. "Vuoi farlo tu adesso?" Lei annuì, cercando di imitare i suoi gesti. Prese il coltello con la destra e iniziò a lavorare il mollusco. Nella foga di dimostrare che era capace, dimenticò di dosare la forza. Il coltello scivolò sotto la conchiglia senza attrito e interruppe la sua corsa nella mano di Marina, che si lasciò sfuggire un lamento di sorpresa e dolore. Nunzio si affrettò a soccorrerla e anche io fui tentata per un momento di abbandonare la canna da pesca per correre a vedere cosa si era fatta. Ma Nunzio controllò attentamente la mano ferita e, accertatosi che il taglio non fosse profondo, gliela lasciò andare.

Subito Marina la immerse nell'acqua. Tratteneva le lacrime, il viso arrossato per lo sforzo e per il vento. Doveva bruciare. Nunzio gliela tirò fuori.

"Le ferite di terra si curano in mare, quelle del mare in terra," sentenziò. "Ormai l'hai fatto, ma adesso devi farla seccare, o non si chiude più."

Marina lo guardò con un guizzo di sfida negli occhi. Riprese il lavoro dal punto in cui l'aveva lasciato, stavolta con movimenti misurati ma inesorabili: le patelle cadevano una dopo l'altra, con una frequenza quasi ipnotica, in un sacchetto che le aveva allungato Nunzio. In quel momento la canna da pesca iniziò a vibrarmi fra le mani.

"Ho preso qualcosa!" urlai.

Mi vennero incontro entrambi, Nunzio e Marina.

"Tira, tira!" disse lei. E per un attimo, nella concitazione, sul suo viso apparve una spensieratezza che non le riconoscevo.

Girai il mulinello fino a vincere la forza del pesce che provava a scappare. Appena venne su, vidi il suo corpo piatto e argentato riflettere la luce e le striature nere su dorso e coda. Nunzio lo prese, lo staccò dall'amo e lo gettò nel secchio che avevamo riempito, dove quello iniziò a sbattere le pinne con furia.

"Chisso è sarago!" disse. "Ora potete portarlo al vostro gabbiano e dirgli che l'avete pescato voi."

"Non ancora," disse Marina. "Adesso tocca a me."

Restammo lì un'ora buona, ad aspettare che anche Marina pescasse il suo primo pesce. Ormai si era fatto buio ed era quasi ora di cena. Le dissi che se non fossimo tornate le nostre madri si sarebbero preoccupate, ma lei non sentiva ragioni, non voleva saperne di andarsene senza prima essere riuscita nell'impresa.

Dopo aver compreso come procurarsi le esche e infilzarle sull'amo, e tutti quei piccoli movimenti e termini che servono per celebrare il rituale, quel che continuava a sfuggirle era l'anatomia dell'attesa. Nella pesca d'aspetto, ogni momento è frutto dell'intersezione di variabili irripetibili: corrente, luce, temperatura, movimenti di banchi e predatori. I pescatori sanno che la natura non dev'essere forzata e che ogni pesca non sarà mai uguale alla precedente. Pochi aspettano meglio di loro.

Tutto questo lei ancora non lo capiva e di tanto in tanto sbuffava, impaziente.

"Mi ricorda mio figlio," mi disse Nunzio tutto a un tratto, all'ennesimo sbuffo di Marina. "Per il suo primo pesce siamo rimasti qui dieci ore filate."

"Avete portato qui anche lui?" Ero stupita: non sapevo avesse un figlio.

"E certo, era quello che si faceva. Ora non vogliono più pescare, i giovani... Eccetto voi due. Ma una volta non si facevano pescare le ragazzine: 'na fimmina in barca era sfortuna."

"Voi ci fate pescare, però."

Sorrise. Non capivo se fosse preoccupato o divertito dalla nostra presenza.

"Sono un vecchio moderno," rispose sfregandosi le spalle, infreddolito. "Fra poco devi andare dall'amica tua e dirle che il momento giusto è passato. Scurao e fa friddo, dovete andare a casa."

Annuii. Mi alzai e feci per andare da Marina. Anche nella semioscurità vedevo la sua espressione corrucciata. Poi cambiai idea. C'era ancora qualcosa che volevo chiedere. Il risultato fu una sorta di giravolta scompigliata su me stessa, che fece ridere il pescatore. Recuperai l'equilibrio e fui di nuovo di fronte a lui.

"Zù Nunzio, dov'è vostro figlio ora?" domandai.

"Andato," disse senza guardarmi. "Non ci voleva stare sull'isola."

"E quando lo vedete?"

Stavolta aggrottò le sopracciglia nere. "Lo vedo quella volta l'anno che viene qua," grugnì. "C'ho un nipote. Ha l'età vostra. Non è facile venire qui quando hai figli e devi lavorare."

"E non ci potete andare voi?"

Scosse la testa. "No, no," mi disse. "Se vuole, viene lui. Io sulla terraferma non ci vado."

"Mi dispiace."

Cos'altro potevo dire? Avrei voluto chiedergli se la sua fosse una ferita di terra o di mare, ma qualcosa, nel suo essere diventato improvvisamente taciturno, mi aveva suggerito che forse si trattava di entrambe.

Rimasi zitta, non sapevo come aiutarlo.

Poi lo abbracciai con un movimento rapido, prima di andare da Marina e riuscire a convincerla a tornare a casa.

19.

A inizio marzo, il giorno del mio compleanno, tornai con Marina nella cava sotto la casa abbandonata. Se le ville erano le Teste di Moro, le cave sotterranee erano i corpi. Nel corso delle nostre esplorazioni avevamo scoperto che si estendevano ben oltre i confini del terreno, dipanandosi in cunicoli a volte ciechi, altre in scivoli di sabbia bui che non avevamo il coraggio di percorrere ma dai quali, se tendevamo l'orecchio, eravamo certe di sentire il rumore del mare.

Era ormai qualche giorno che non andavo lì sotto e per questo motivo i cerimoniali con cui Marina mi aveva accolta mi avevano sorpresa. Mi aveva chiesto di scendere dal cunicolo senza voltarmi indietro e, una volta arrivata, di chiudere gli occhi e tenderle la mano. L'avevo seguita con il cuore che palpitava, non sapevo se aspettarmi qualcosa di terrificante – quel luogo suscitava in me ancora qualche remora – o una sorpresa. Quello che infine vidi mi lasciò a bocca aperta.

Quando Marina mi concesse di aprire gli occhi, scoprii che aveva adornato la prima stanza, una di quelle con le vasche, con candele e fiori. Aveva approfittato del mio stupore per sciogliere le nostre mani e allontanarsi da me, un sorrisino a fior di labbra, da folletto. Poi si era tolta i vestiti ed era entrata in acqua. Il mio sguardo timido aveva fatto in tempo a notare che i graffi sulle sue gambe si ripetevano e moltiplicavano sulle braccia, dando alla sua pelle una trama frastagliata che la luce fioca delle candele metteva in risalto.

"Muoviti," aveva detto, "vieni anche tu!"

Mi ero liberata di jeans e maglietta e l'avevo seguita. L'acqua mi arrivava alla vita. Mi accovacciai. Era fresca, sopportabile, ma soprattutto dolce: filtrata dal tufo al di sotto di noi, e dell'isola, si dissalava. In quell'acqua il corpo risultava più pesante, le mani meno raggrinzite. Provai un paio di volte a galleggiare, ma sprofondavo in un modo a cui non ero abituata.

Marina ridacchiò. Dovevo sembrare uno di quei cagnolini di poche settimane che provano per la prima volta a camminare, malfermi sulle zampe. Risi anch'io mentre mi avvicinavo a lei. Aveva preparato a bordo vasca dei lumini con la base di alluminio. Ne contò quattordici, me li mise davanti, sull'acqua.

Soffiai.

Avevo appena compiuto quattordici anni, ma me ne sentivo il doppio: quel giorno a pranzo anche mia madre mi aveva messo davanti delle candele. E insieme alle candele, l'età adulta: "A giugno, finito di studiare, andrai ad aiutare tuo padre," mi aveva detto. L'avevo fissata sbalordita: la temperatura del corpo era scesa all'improvviso, un formicolio che dalle viscere era risalito fino alle tempie mi aveva fatto girare la testa, nauseandomi. Quattordici anni sull'isola non erano un'età adatta a sogni, bagni di mezzanotte e corse sulla spiaggia. Significavano che, terminate le scuole medie, saresti andato sulla terraferma per studiare. Un privilegio per pochi, dato che di mezzi in grado di viaggiare tutti i giorni non ce n'erano e che non erano in molti a poter pagare un affitto o un collegio. E io non avevo capito che la mia famiglia non poteva permettersi di farmi studiare. Di lì a pochi mesi, avrei iniziato a lavorare in campagna con mio padre.

Pensavo a tutto questo ma non avevo il coraggio di dirlo a Marina, così distante da certe logiche, ancora troppo estranea all'isola e agli isolani, benché avesse cominciato a catturarne l'essenza. La guardavo togliere i lumini dall'acqua e già vedevo il mare fra me e lei, e i miei quattordici anni così attesi farsi miei nemici.

A me sarebbe piaciuto continuare a studiare. Gli insegnanti dicevano sempre che ero brava e accarezzavo il sogno di diventare insegnante anch'io. Ogni pomeriggio prendevo qualche nuovo libro dalla camera di Marina, lo commentavamo insieme. Lei faceva finta di non essere più intelligente di me, anche se leggeva di più. Pensavo che l'intelligenza fosse direttamente proporzionale al numero di libri letti e allora leggevo anche i trafiletti dei giornali prima che mia madre li utilizzasse per appoggiarci le ciotole di Ulisse. La domenica leggevo i messali, dietro cui ogni settimana stampavano una nuova storia.

Ma lì, in quel primo giorno dei miei quattordici anni, decisi di non pensare più a quello che avrei potuto fare e di concentrarmi soltanto su ciò a cui ero destinata: sarebbe stato meno doloroso.

"A che pensi?" chiese Marina. Era evidente che la mia riflessione era durata un attimo di troppo. Però non avevo voglia di condividere con lei certi pensieri, di non essere capita neanche da lei.

"Alla storia delle Teste di Moro," risposi. E mi abbassai per bagnarmi i capelli. Volevo nascondere le lacrime che minacciavano di scendere, dispettose, dagli angoli degli occhi.

Lei capì e mollò il colpo, si appoggiò con la schiena al bordo della vasca fingendo interesse per la storia a cui accennavo: "Io ne ho sentite almeno tre, tutte diverse".

Era vero. Negli anni le versioni si erano accavallate, finché la storia era diventata leggenda. Mi tirai fuori dall'acqua, mi buttai la camicia sulle spalle e mi sedetti vicino a lei.

"È sempre una storia d'amore, gelosia e possesso," dissi, usando il miglior tono cospiratorio che riuscii a trovare. "Si dice che una volta vivesse da queste parti una ragazza bellissima, che coltivava sul balcone rigogliose piante di basilico. Un giorno la vide uno dei mori di passaggio: un uomo di mare, con la pelle scurita dal sole e splendidi occhi azzurri che brillavano come turchesi. I due si innamorarono e iniziarono a vedersi. Ben presto la ragazza scoprì che tutte le promesse del moro non erano altro che bugie: aveva una famiglia che lo aspettava a Tunisi e da lì a poco sarebbe ripartito. Così, approfittando del favore della notte, lo uccise nel sonno. Volle però conservare il bel viso di cui si era innamorata. Gli mozzò la testa e ne fece un vaso per le sue piante di basilico che, messe lì, crebbero ancora più belle di prima, suscitando l'invidia dei compaesani. Credendo che il segreto fosse quell'insolito vaso a forma di testa di moro, perché nessuno poteva immaginare che fosse una testa umana, tutti si rivolsero al vasaio perché ne modellasse uno anche per loro. Nessuno scoprì mai la verità. E lei restò impunita ma infelice per l'amore perduto."

La raccontai d'un fiato, quasi vergognandomi che una storia così truce rientrasse nella mia tradizione. Una parte di me provava però una strana ammirazione per quella donna che non aveva voluto rassegnarsi al suo destino di vittima e aveva scelto di agire: la immaginavo come la Giuditta caravaggesca, così convinta della sua vendetta da restare impassibile davanti al fiotto di sangue causato dalla lama del suo coltello sulla gola di Oloferne. Mi aspettavo che Marina fosse inorridita nello scoprire che casa sua, anzi, le sue case, fossero legate a una leggenda di sangue. La sua reazione mi colse di sorpresa.

"Si parla di una sola testa. Le Teste di Moro invece sono due, un lui e una lei..."

Era la stessa obiezione che avevo sollevato io la prima volta che avevo sentito la storia.

"Perché c'è un'altra versione, meno conosciuta," risposi. "In quest'altra, lei era una ragazza di buona famiglia che si era innamorata di un moro. Quando suo padre scoprì che i due si incontravano in segreto, per ripristinare l'onore della famiglia li uccise entrambi. Volle però tenerli vicini a sé e ne conservò le teste per farne dei vasi. Forse perché si era pentito, o forse per far sapere agli altri che lui era pronto a tutto, anche quando c'era di mezzo il suo stesso sangue."

Marina ci pensò su, poi disse: "Non mi piace nessuna delle due. Parlano d'onore, possesso e gelosia, non d'amore".

Ero d'accordo, ma allo stesso tempo sentivo che c'era qualcosa che non mi diceva.

"Io non so l'amore cosa sia," confessò. "Ma so che non era amore quello tra i miei genitori, e non lo è nemmeno quello delle tue storie."

20.

Marina vagava spesso da sola per i corridoi della cava. Andava lì con la scusa del gabbiano. Le sue penne stavano diventando bianche, e il becco più robusto. Ma ancora non voleva saperne di volare. Proprio come lei, che da quando aveva messo piede sull'isola stava mutando pelle, ma non l'aveva ancora capito.

La guardavo e mi domandavo chi fosse stata, in quella città che era stata la sua casa. Se la sua anima avesse avuto una sfumatura diversa, se soffrisse per le stesse cose. Mi aveva parlato ancora dei suoi genitori. Una notte che ero rimasta da lei, si era svegliata con il cuscino zuppo di pianto e io gliel'avevo girato dall'altra parte: aveva detto che negli ultimi mesi in città aveva fatto lo stesso con sua madre, dopo che suo padre era andato via di casa. Si incolpava di non aver capito prima cosa stava succedendo, perché di suo padre era stata proprio innamorata. Adesso nei suoi racconti lui non aveva un nome, voleva tenerlo distante. Mi disse che fino ai dieci anni per lei era stato difficile concepire il loro amore.

"Ero quasi gelosa, ti sembra normale?" E provava a ridere, nonostante le lacrime.

Avrei voluto dirle, con la mia voce di adesso, che sì che era normale, che l'amore non si misura e non dovrebbe farti sentire così, soprattutto se sei una figlia, soprattutto a dieci anni. Era stata lei a vedere suo padre in macchina con un'altra donna, ma non aveva capito cos'aveva visto finché non l'aveva confidato a sua madre. Anche di questo si era fatta una colpa. La colpa di aver guardato, e poi di non essere stata zitta.

Avevano retto altri tre anni.

"Era notte, quando ho visto mamma sul terrazzo. Era uscita con una bacinella piena di panni da stendere. Mancava un quarto alla mezzanotte, stavo finendo di fare i compiti. Avevo sentito sbattere la porta della cucina e mi ero alzata per andare a vedere. Mia madre era in equilibrio sul cornicione, guardava la luna. Se ne vedeva soltanto uno spicchio sottilissimo. Ma chissà quanto è grande quello spicchio che noi crediamo piccolo... immenso, forse. Sono rimasta lì a guardarla senza fiatare. Non so per quanto tempo. Se siano stati secondi, minuti, ore. Sembrava una statua di sale, non si muoveva. Ho avuto paura, allora l'ho chiamata per nome ed è stato come se si fosse ricordata come si respira. Il suo petto ha ripreso a scendere e salire, e anche il mio, nemmeno mi ero accorta di stare trattenendo il fiato. Il giorno dopo ha fatto le valigie e siamo venute qui."

Per il resto della notte le rimasi accanto senza toccarla, ad abbracciarla mi sarei sentita invadente.

Sosteneva di aver trovato un metodo infallibile per non perdersi nei corridoi sotterranei.

"Se senti una corrente d'aria fredda, significa che da qualche parte c'è un'uscita. Vedi? Qui è calda." Mi prendeva la mano, me la sollevava, la scuoteva a mezz'aria per farmi sentire. Annuivo anche se per me l'unica aria era quella che mi mancava.

Un paio di giorni dopo, a scuola – erano passate da poco le otto e stavamo per entrare in classe –, Marina mi prese da parte: "Ho trovato qualcosa, ieri".

Da lontano vedevo arrivare gli altri – l'insegnante con il

suo borsone del lunedì, perché il sabato e la domenica tornava dalla sua famiglia sulla terraferma, Aldo con il viso imbronciato ma bello, Giulia, Anna e Nello con i loro mezzi sguardi che non capivo più se fossero di rancore, odio o nostalgia.

"In uno dei corridoi c'è una specie di tunnel cieco. L'ho capito perché non c'era aria. Ma non sembra molto lungo, credo di averne visto il fondo con la torcia. Così mi ci sono infilata: dopo una ventina di metri, svoltava a destra senza portare da nessuna parte. Come se, arrivati in quel punto, avessero deciso che non valeva più la pena di continuare a scavare. Lì, posata per terra, ho trovato questa."

Mi porse una scatola di legno col coperchio scorrevole. Sapeva di polvere ed era crivellata di piccoli buchi. Qualche tarlo doveva aver fatto il suo lavoro, anche se il contenuto era rimasto intatto: vecchissime fotografie, in un bianco e nero appena seppiato, tenute insieme da un nastro rosso. Ne presi una. Era un ritratto di famiglia. Il gruppetto – un uomo, una donna e un bambino – si era messo in posa su una strada sterrata, innaturalmente bianca, sovraesposta: sembrava che levitasse nell'aria. L'uomo era bianco di capelli e di incarnato, con occhi nerissimi e baffi ben regolati. Stava in piedi e teneva una mano sulla spalla di una donna che doveva essere sua moglie, seduta su uno sgabello e con un braccio intorno al ventre prominente. Ai piedi di lei, seduto a gambe incrociate, un bambino di non più di due anni. Sui capelli neri spiccava un ciuffo bianco. Voltai la fotografia, sul retro c'era una scritta a penna: *Tunisi, 1923*. Poi la rimisi nel verso giusto e sollevai lo sguardo su Marina, sui tratti del suo viso così simili a quelli del bambino.

Scorsi le altre fotografie. In una, l'uomo che doveva essere il padre del bambino stava in piedi di fronte a un vecchio mulino. Indossava soltanto un paio di pantaloni e una coppola. Rispetto all'immagine precedente sembrava un altro, per via di quella povera tenuta. Un'altra fotografia ancora, un'altra ambientazione: il bambino stavolta era un po' cresciuto, capelli più lunghi, ma anche braccia e gambe più lunghe. Giocava con una trottola di legno, un piro di quelli che si facevano girare tirando una cordicella. Di fronte a lui un altro bambino, avrà avuto una decina d'anni, sembrava intento a mostrargli come fare. La scritta sul retro recitava: *Antonio Amato e Domenico Pietra, 1925.*

"Sono tuo nonno e il nonno di Nello," dissi stupefatta.

Che degli isolani fossero emigrati a Tunisi a fine Ottocento in cerca di lavoro lo sapevo da certi racconti dei vecchi del paese. Ma non sapevo che tra loro ci fossero gli antenati di Marina. Rimisi gli scatti nella scatola, gliela porsi.

"Un po' di tempo fa ho chiesto al nonno di Nello della tua famiglia. Non mi ha detto nulla di Tunisi." Avevo in bocca un sapore metallico, quello della menzogna e dell'omissione.

"E perché gli hai chiesto di noi?"

La guardai, arrossii. "Cercavo un modo per capirti," dissi rapida.

Lei annuì, distogliendo lo sguardo. "Vieni, andiamo in classe."

Non mi ero accorta che, per tutto il tempo in cui avevamo parlato, Nello, Giulia e Anna avevano continuato a non darle pace, tirandole di nascosto palline di carta che le si erano impigliate nei capelli e di cui lei si era liberata fingendo di non badarci. Un leggero tremore della mano però, impercettibile ma non ai miei occhi, tradiva rabbia e dolore.

21.

Marina iniziò a sostituire la vita in superficie con quella sotterranea. Mangiava sempre meno. Era come se l'aria di mare le stesse causando una sorta di rigetto, e più la guardavo, più rivedevo in lei quell'Ofelia sospesa nell'acqua salmastra che avevo sovrapposto a sua madre quando l'avevo conosciuta.

Tossiva sempre. In quei momenti le scapole, puntute sotto la maglietta, si inarcavano, vibravano. Poi si voltava verso di me, "Sto bene," diceva. Non le credevo. Avrei voluto poggiarle le mani sulla schiena, fermare quelle scapole che minacciavano di portarla via in un battito d'ali.

Ogni tanto era lei stessa a dirmi che nella cava c'era qualcosa, qualcosa che non capiva. Il tufo tratteneva l'umidità, starci troppo tempo era insalubre, le dicevo. Lì sotto lei conviveva con i suoi demoni perché non voleva fare i conti con quelli che abitavano in superficie. E allora danzava, stretta nei cunicoli, a piedi scalzi, in equilibrio su quei binari che un tempo servivano a trasportare le pietre dentro i carrelli.

"Voglio parlare con Mimì," mi disse, una delle volte in cui riemerse.

Sapevo che l'avrei trovato al porto, fervevano i preparativi per la festa della Marunnuzza. Mimì, in quanto responsabile del restauro della statua, aveva il ruolo di sorvegliante delle maestranze. Per questo motivo, già da un po' non lo si vedeva nell'Eden, il giardino ipogeo intorno a casa di Nello dove di solito lavorava.

Lo trovammo seduto su una delle bitte della banchina, di fronte al peschereccio di Nunzio, il *Nausicaa*, l'imbarcazione dal nome pagano che sarebbe stata protagonista del rito religioso. Dopo la sfilata in paese la statua avrebbe infatti preso il mare sul *Nausicaa* per essere accompagnata da un corteo di barche prima nella più piccola fra le isole dell'arcipelago, poi fino all'isola sacra, dove sarebbe rimasta una notte, una soltanto, a suggellare il legame fra le tre isole.

Mimì controllava che il lavoro fosse fatto a regola d'arte. Dalla pulizia della barca fino alle luminarie che la decoravano da poppa a prua: tutto doveva essere perfetto, e così doveva essere tramandato nei racconti delle generazioni successive.

Quando arrivammo stava parlando con Nunzio. C'era qualcosa che non andava con la passerella dalla quale sarebbero saliti i portantini. Sembrava che nel magazzino dove veniva conservata per tutto l'anno ci fosse stata un'invasione di tarli: erano appena giunti alla conclusione che era più prudente rifarla quando arrivammo io e Marina. Nunzio andò via subito per tornare sul *Nausicaa*, indaffarato con i preparativi. Nonostante l'età che avanzava, avrebbe fatto come sempre del suo meglio per dare alla Marunnuzza una barca degna di lei.

"Quindi è vero che il Ciuffo aveva una nipote," disse Mimì quando capì chi era la ragazza insieme a me.

Marina gli strinse la mano e si presentò, anche se non era necessario. Sull'isola portavamo tutti il marchio dei nostri antenati, il nostro sangue arrivava prima di noi.

"Sei fortunata, picciridda. Per com'era brutto lui, non era detto che venissi su così." Mimì aveva parlato con il solito tono scherzoso di quando chiacchierava con me e Nello. A ripensarci provai una fitta di nostalgia per quell'amicizia che assumeva sempre più i contorni del tempo svanito.

Mimì squadrò ancora Marina: "Anche se ai miei tempi ci si vestiva più colorati," disse notando il suo abbigliamento scuro.

Lei non rispose. Tirò fuori le fotografie dalla borsa e gliele porse.

Lui esitava a toccarle.

"Dove le hai trovate?"

"In un cassetto, a casa mia," mentì lei.

Andammo verso una delle panchine di pietra del porto e ci sedemmo. Marina mostrò le fotografie a Mimì, una per una.

"E certo che mi ricordo," disse lui. "È di quando sono venuti qua."

"Quindi non eravate a Tunisi?"

Lui rise. "No, quale Tunisi. Avessi avuto 'sta fortuna non sarei tornato. Mica come quello là." E indicò lo zù Nunzio con un cenno della testa. "Questi erano Maria e Minico Amato," disse poi, indicando il ritratto di famiglia che per primo aveva attirato la mia attenzione. "Bravi cristiani erano. Se ne sono andati di qua che lui era un pirriature, un tagliapietre come me. Poi sono tornati con i soldi e sono diventati loro i padroni. Com'è che ti chiami tu?"

"Marina."

"Ah, non t'ha messo come sua nonna. Be', Marina, prima che tornassero i tuoi bisnonni qua non esistevano giorni di riposo, c'era sulu di travagghiare, perché travagghiare portava il pane. Minico lo sapeva cosa significa lavorare la pietra. Per questo ci trattava bene, e per questo ci fidavamo di lui. Ha portato tanto benessere. Poi è arrivata la guerra. La maggior parte di noi è andata a morire. E poi ci hanno bombardati... ci hanno bombardati senza motivo. Eravamo dei poveretti, che ne sapevamo della guerra! Qualcuno ha detto che l'hanno fatto per sbaglio. Dio sa se certi sbagli si pagano... Intanto hanno distrutto le piazze, ammazzato vecchi, donne e bambini. C'era una, me lo ricordo, che era incinta. Era in mezzo alle macerie, con la placenta fuori dalla panza tagghiata. A un altro, mentre correva in piazza Madrice per scappare, è saltata via la testa. Ha continuato a correre come se non fosse successo nulla. Ce l'ho ancora davanti. Figghi mei! Tutti figghi mei erano!"

Ce ne stavamo immobili, sedute sulla panchina a sentirlo raccontare. Parlava e guardava Marina. Sembrava ci fosse qualcosa in lei che gli suscitava commozione. Aveva gli occhi lucidi, e non soltanto per il sale che continuava ad alzarsi dalle onde del mare che sbattevano sugli scogli sotto di noi, scomponendosi in minuscole particelle.

Nel frattempo lo zù Nunzio aveva interrotto i preparativi a bordo del *Nausicaa* e si era avvicinato per ascoltare. Anche gli altri rimasti sulla barca avevano drizzato le orecchie. Avevano rallentato i movimenti ampi con cui stavano ingrassando il legno secco dopo i mesi a terra, come se la loro velocità avesse potuto disturbare il flusso delle parole.

"Ci nascondevamo nelle cave," continuò Mimì, "lui ne aveva una sotto le case sue. Era una delle più antiche, non si estraeva nulla già da anni, l'aveva preso a due lire quel posto. Ci avevano scavato mio padre e il padre di mio padre prima di lui." Fece una pausa e guardò lontano, verso la vecchia tonnara.

Fu Nunzio a continuare: "Minico è stato intelligente," disse. "Sono stati fra gli ultimi a tornare da Tunisi con i soldi. Io sono pescatore, lo sapete, da generazioni. E la mia famiglia era andata là per pescare. Sull'isola dicevano che era meglio di qua, ma simile. E avevano ragione, c'erano lo stesso mare e lo stesso pesce, e c'erano le persone, che erano uguali a noi, solo che parlavano una lingua diversa. Avevo imparato qualche parola, ma poi nel '25 tornammo qui – la famigghia di tuo nonno e la mia – e ho dimenticato tutto. Mio padre era stanco, gli mancava lo scoglio," sospirò. "E per fortuna che siamo tornati allora, e non dopo. Quelli dopo li hanno cacciati i francesi, sono dovuti tornare a forza. Non ne volevano più di italiani a Tunisi, dicevano che eravamo tutti fascisti."

Era chiaro, dal viso di Marina, che non si sarebbe mai aspettata che Nunzio, il vecchio che le aveva insegnato a pescare, e Mimì le raccontassero tutte quelle cose.

Non aveva capito che per scoprire certe storie dimenticate bisogna solo fare le domande giuste, e che a volte il piacere di raccontare vince la riservatezza.

"Io non l'avevo mai visto lo scoglio, mica lo sapevo se mi piaceva. E invece mi è piaciuto subito," proclamò Nunzio.

Lo scoglio nelle sue parole era 'u scogghio, entità ancestrale dalla non ben specificata energia salvifica o nefasta, presenza ricorrente nei discorsi degli isolani e spesso protagonista in una frase che nelle nostre teste risuonava come una litania: "Dove vai, che poi 'u scogghio ti manca?".

Già allora per Marina quelle parole pesavano tanto quanto per me, ma per motivi diversi. Io ero incapace di credere davvero a un destino lontano dall'isola, libera dal richiamo dello scoglio. Lei invece, con il suo destino di "ritornata", aveva appena iniziato a sperimentarne l'influenza, qualcosa che senza saperlo aveva dentro di sé dalla nascita e che la frastornava.

Pensavo a tutto questo con nelle orecchie il mugghiare delle onde, le parole di Nunzio e quelle di Mimì, in preda a uno straniamento tale da farmi quasi dimenticare che eravamo lì per un motivo.

Marina attese che Nunzio finisse di parlare, quindi gli mostrò la fotografia dei suoi bisnonni. Cercò con lo sguardo Mimì come in cerca di una conferma. Si trattava di persone delle quali non aveva mai saputo neanche i nomi e che di colpo erano diventate presenze vive. "Lei era incinta. Dov'è il figlio?" gli chiese.

Nunzio le si accostò. La guardò, come stesse valutando se invece che con le parole potesse parlarle con il cuore. Infine le disse: "Era una picciridda. Maria la fece la notte che stavamo tornando da Tunisi, in nave. Mia madre entrò nella cabina, la sentii parlare poi con mio padre, disse che c'era 'na sangarìa.

Tutto era talmente pieno di sangue che pure i capelli della bambina appena nata invece che biondi parevano rossi. Ero bambino pure io, eppure lu capive che doveva essere successo qualcosa di brutto. Non è mai arrivata qui, quella neonata. Minico disse che l'avevano buttata in mare, perché a quello apparteneva. Ma dagli occhi di Maria io ho sempre pensato che se l'era portata dietro, per seppellirla nella casa nuova e tenersela vicina. Eppure mi ricordo che un nome glielo diedero. Marina si chiamava. Com'a ttìa".

A quel punto vidi il colore abbandonare le labbra di Marina, si sedette, soverchiata dal peso di una storia della quale non sapeva come appropriarsi. Mi misi accanto a lei, appoggiai una mano sulla sua. Era una situazione strana: i due vecchi di fronte a noi che si passavano la palla, tristi, ma anche euforici nel rievocare tutte quelle storie che credevano di aver dimenticato. E poi c'eravamo io e Marina, che non eravamo pronte ad ascoltare quello che avevamo appena sentito, e tuttavia restavamo lì, affascinate.

Neanche Mimì sapeva niente della storia raccontata da Nunzio.

"Avevo sentito di un fratello. Qualcuno diceva che l'avesse ammazzato Tonino, per prendersi lui tutta l'eredità. E avremmo anche potuto crederci: scusa sa te lo dico, ma tuo nonno non raccoglieva molte simpatie."

Nunzio annuì e continuò: "'L'unica cosa che resta è la pietra,' diceva Tonino. E aveva ragione, le case gli sono rimaste, ma solo quelle. Lui con le persone non ci sapeva parlare. Non era come Minico. Questo lo sapevano tutti. E meno male che io ho continuato a pescare, che una volta me l'hanno chiesto, di fare il tagliapietre. Ma che te ne fai della pietra quando hai il mare?".

"Davvero era così terribile mio nonno?" domandò allora Marina.

"Voleva comandare su qualcosa che non era suo. Non aveva mai lavorato, sapeva solo comandare. Non ne capiva niente di pietre. A guerra finita, quando ha preso in mano tutto, ci sono state alcune frane grosse nelle cave. Qualcuno ci è morto. Forse erano danni che aveva già fatto il bombardamento, forse la gente era stanca e non voleva lavorare sotto di lui... o forse era lui che portava pilìu, sfortuna, con quel ciuffo del demonio..." rispose Mimì. "Ah, ma non farti specie, picciridda! Queste sono cose da vecchi, tu non sei accussì, non ti preoccupare!" si affrettò ad aggiungere, vedendo lo sguardo di Marina.

Lei sorrise in modo blando. Avrei potuto intuire mille cose diverse che le attraversavano la mente, ma scelsi di non farlo.

"Tonino èra fatto per stare solo e solo è finito, anche perché lui non voleva nessuno. Certo, nessuno si aspettava che..."

"Che?"

"Che lo ritrovassero come l'hanno ritrovato. E dopo tutta quella faccenda con tua madre..."

"Quale faccenda?" lo incalzò Marina.

"Non sono cose che posso dirti io. Quello che posso rammentarti è che alla morte di tuo nonno le cave hanno chiuso. Alcune le aveva già vendute, altre sono andate in malora. Ora sono immondezzai a cielo aperto. Del resto lui aveva già smesso di farsi vedere in giro, e noi di certo non lo cercavamo. Si era chiuso nel suo rancore, nella casa dei suoi genitori. L'altra l'aveva fatta costruire lui dopo, uguale, per tua madre. Sperava che bastasse a farla restare qui. E alla fine forse ci è riuscito, dato che è tornata."

"Sì, ma come è morto?"

Mimì fece una smorfia, gli angoli della bocca piegati all'ingiù. "Ci sono tante lingue al riguardo, ma solo il Signore sa. Quello che penso io, invece, lo tengo per me. Comunque, da che lo vedevamo sempre più di rado dopo quella faccenda che era scoppiata con tua madre, e di cui non sono io a poterti dire, a un certo punto non si fece vedere più nemmeno per prendere il pane. Poi furono dei turisti a dare l'allarme. Stavano curiosando lì intorno e sentirono la puzza. Era lì non si sa da quanto."

Marina iniziò a raccogliere le fotografie, le mise una sopra l'altra e le fermò di nuovo col nastro rosso. Le tremavano le mani, ma non sembrava impaurita, piuttosto rabbiosa. "Una cosa te la voglio dire però, picciridda," riprese Mimì. "'Ste fotografie... buttale. È cosa fatta. Cosa da fattucchiere. Liberatene, non te le portare appresso. Ti rovinano. E Dio sa se gli Amato ne hanno avute abbastanza di rovine."

Lei si bloccò, come pensandoci su. Poi, continuando il gesto, rimise le fotografie in borsa.

"Grazie anche per quello che non mi avete detto," disse, in direzione dei due vecchi.

Mimì pareva irritato dal fatto che quella ragazzina vestita di nero si concedesse il lusso di non ascoltarli.

"Se proprio le vuoi tenere, falle vedere ad Amalia."

Marina cercò il mio sguardo, per assicurarsi che avessi capito e che non ci fosse bisogno di fermarsi oltre. Feci un cenno d'assenso, anche se andarmene così in fretta mi mortificava. Avrei voluto che Mimì ci parlasse ancora delle "cose fatte", e Nunzio della Tunisia. Chissà se era quella, la terraferma di suo figlio?

Ma prendemmo le nostre cose e ce ne andammo, con me che arrancavo per tenere il passo con la rabbia di Marina.

22.

Amalia era la magara del paese, la conoscevano tutti. Abitava in una casa a ridosso del cimitero, vicino a quelli che chiamavano Bagni delle Donne, dove immaginavo che in epoca romana si immergessero donne agghindate con tuniche bianche e ampie arrotolate sulle spalle e corone di mirto sui capelli. Molto tempo dopo mi avrebbero spiegato che il motivo di quel nome non aveva nulla a che fare con le mie fantasie romantiche, e che avrei tuttavia continuato a custodire gelosamente.

A casa di Amalia si arrivava scendendo da una scaletta di tufo coperta da una buganvillea, la più rossa dell'isola. Avevo sempre pensato che si nutrisse graffiando malcapitati con le sue pungenti spine. O che Amalia la annaffiasse con acqua di cavolo rosso e la concimasse con sangue di bue. E per quello la pianta intensificava le sue sfumature, come fanno i canarini con il piumaggio a seconda delle sementi che mangiano.

Amalia era una maara più che una magara, e maara si diceva aspirando la prima "a", perché una volta anche lì una "g" c'era stata, ma l'arrivo degli arabi aveva fatto dimenticare agli isolani la pronuncia corretta. In più, sapevo che in una qualche lontana cultura orientale "mara" senza "a" aspirata significava "morte" e quindi mi era sembrato giusto che ad Amalia ci si riferisse così, dato che lei con la morte aveva una certa affinità. Dicevano che durante le sue passeggiate parlasse da sola, o forse no, perché certe voci sussurrano soltanto a chi può udirle. Quand'era piccola la vecchia custode del cimitero l'aveva presa come figlia d'anima, e allora già a otto anni Amalia aveva imparato come si preparano i morti, a distinguere un graffio da un'ecchimosi e a rendere un colorito cinereo gradevole per le ore della veglia, quelle che separano la morte dal funerale. Aveva imparato anche a urlare e piangere a comando, davanti alle chiangimorti vestite di nero, e con un'intensità tale che nessuno avrebbe detto che sotto il velo ci fosse una bambina. Finché non divenne abbastanza grande da chiedere perché dovesse farlo, e quando le risposero che se non l'avesse fatto lei non l'avrebbe fatto nessuno, non la trovò una ragione sufficiente.

Dovettero arrivare i suoi tredici anni e il primo sangue, e assieme a quello le prime voci, per farle dire che i morti non li avrebbe vestiti più, almeno fino a quando non ci fu la guerra e allora dovette riprendere per insegnare anche ad altri a farlo, visto che i morti erano troppi e bisognava spartirseli. Oltre ad ascoltare i morti, imparò a divinare la vita delle persone dalle loro cicatrici. E per lei quella consapevolezza divenne insopportabile, una maledizione che la consumava tenendola accesa, invece di farla invecchiare in maniera precoce. Poi, finita la guerra, prese possesso della casa che le aveva lasciato la vecchia e divenne una tra le prime ad accogliere forestieri sull'isola. Cosa che le valse l'altro appellativo, "fimmina persa", per lei un vanto. Così a sua volta iniziò a ospitare fimmine perse quanto lei: donne che avevano lasciato casa per colpa di mariti o padri violenti, donne che non volevano piegarsi al destino che sembrava segnato per loro, donne che vivevano per loro stesse.

Col tempo, man mano che l'isola si apriva alla gente di terraferma e la mentalità si faceva più aperta, la nomea di fimmina persa si sbiadì. Rimase la sua vocazione alla vita in campagna e quella della gente dell'isola a vedere lei e le sue accolite come magare, perché è più facile bollare con epiteti quello che non si capisce.

In cima alla scala c'era una piccola campana legata a una cordicella che scendeva fino a giù, dove le scale terminavano sulla porta d'ingresso. Se la campanella suonava di rimando, significava che Amalia era in casa e che molto probabilmente si era benvenuti, tanto lei lo sapeva chi era a suonare, anche se non lo vedeva. Con questo sistema Amalia evitava di affaticare le ginocchia, e chi andava a trovarla di scendere tutti quei gradini solo per scoprire che lei non c'era.

Amalia ci accolse in una casa che emergeva dalla terra in un umido intreccio di stanze fatte di tufo. Si entrava da una veranda, che lei aveva riempito di poltrone e seggiole. Ovunque penzolavano scacciapensieri di macramè e certe piante tentacolari infilate in gusci di conchiglia perché assumessero una forma che ricordava quella delle meduse.

Anche lei mi conosceva: l'ultima volta che mi aveva vista ero un bozzolo rannicchiato sul pavimento di quella che aveva appena smesso di essere casa di mia nonna, e Amalia aveva chiesto a mamma di mandarmi via per risparmiarmi la composizione della salma. Era amica di mia madre e di Nietta e di tutte le donne dell'isola, perché in modi misteriosi aveva aiutato ognuna di loro. Il corpo della nonna era stato il primo che aveva toccato dopo decenni e sarebbe stato anche l'ultimo. Lo aveva fatto per affetto e anche per rispetto, e mi ero chiesta se anche lei, mentre la preparava, l'avesse sentita sussurrare di lasciarla sullo scoglio a cui apparteneva con quella voce che nessuno aveva più udito da anni.

Ci offrì due tazze di acqua di tenerumi, un intruglio dalle proprietà rilassanti e curative. Nonostante quello che ci saremmo aspettate e i suoi circa novant'anni – l'età si poteva indovinare soltanto sulla base di quello che aveva vissuto –, non aveva l'aspetto della vecchia bisbetica o della prefica, tutt'altro. Aveva una crocchia bianca ordinata che le donava un profilo elegante, e una lunga collana di rametti di corallo ad appesantirlo. Indossava un completo ampio, di un raso con una stampa dai colori accesi che accompagnava le forme del corpo senza accentuarle. Un marsupio tintinnante di cerniere, in vita, completava il tutto.

Amalia la maara ci invitò a sederci e noi non pensammo neanche per un attimo di rifiutare, perché possedeva la grazia risoluta di chi sa farsi rispettare. Conosceva il nome di Marina prima che lei glielo dicesse. Le si pose di fronte, le prese la mano. Le scrutò le linee del palmo, le percorse con l'indice. Poi le chiese di mettere sul tavolo quello che era venuta a mostrarle.

"Quando si cominciò a fotografare, qualcuno disse che con le fotografie si poteva catturare l'anima. Ma non è questo il caso. Queste anime sono talmente in subbuglio che nessuno potrebbe acciuffarle. E in alcuni casi, sospetto che l'anima neanche ci sia. Dove le hai trovate?"

Parlava un italiano che allora avrei potuto definire corretto, perché la vecchia del cimitero aveva conservato i soldi per mandarla a studiare, quando ancora non era usanza, in un convitto sulla terraferma. Così, per qualche anno, Amalia aveva persino insegnato, ma neanche quello in fondo le era piaciuto.

Marina rispose guardando furtiva prima lei, poi me. "C'è una specie di cava sotto casa mia. Le ho trovate lì, nascoste. Mentre camminavo sono caduta in un buco e cercando l'uscita ho trovato per terra questa scatola. L'ho aperta e ho capito che mi riguardava. Dentro c'erano anche queste," disse con una sincerità che mi spiazzò, e lasciò cadere sul tavolo un paio di ciocche di capelli, una bianca e una bionda, che mi fecero accapponare la pelle. E forse, mi dissi per giustificarla, era quello il motivo per cui Marina non me le aveva mostrate prima e non aveva detto tutta la verità su quel ritrovamento: per evitare di spaventarmi.

Amalia fece una smorfia, quindi cominciò a indagarle da lontano.

“Quanto tieni a queste fotografie?” le domandò.

“Prima di vederle non sapevo nemmeno come fosse fatta la mia famiglia di qui.”

Amalia annuì, poi le si avvicinò. Iniziò a intrecciarle i capelli, a recitare sottovoce una nenia che suonava come una preghiera. A volte si fermava, le tastava le tempie, schioccava le dita, ricominciava. Lo fece per un tempo che mi parve lunghissimo, nel quale avrei giurato, ma oggi non lo so più, che gli occhi di Marina da quasi verdi fossero diventati neri. Quando terminò le si sedette davanti.

“Qualcosa c’è,” le disse, “qualcosa fatto da altri e qualcosa fatto da te.” Le prese le braccia, le alzò le maniche, scrutò i segni orizzontali. Alcuni erano freschi e gonfi, altri così vecchi da risultare bianchi, dove Marina era passata più volte sullo stesso punto.

Il patto fra noi era che io quelle ferite non le guardassi, non le nominassi, fingessi che non esistevano. Se invece ne avessi parlato, lei sarebbe scappata via da me come acqua fra le mani. Per questo motivo il gesto di Amalia mi parve di una violenza tale da spingermi ad alzarmi e fare il giro del tavolo, fino a ritrovarmi di fronte a lei e a una Marina pietrificata.

“Signora, a che serve questo?” le chiesi.

Amalia lasciò andare il braccio di Marina, mi fissò. “Il sangue è potente,” rispose, “lascia traccia come poche cose. E con il sangue non si scherza.” Poi riprese a mormorare. Infine si rivolse a Marina: “Questo dolore non è tuo. È di tua madre, di tuo padre, di altri prima di te. Ma non è tuo. Lo diventa solo se lo vuoi. E tu non lo vuoi davvero”.

Marina era atterrita. La vergogna e l’odio che provava nei confronti di sé stessa, quelli che per mesi l’avevano spinta a tagliarsi, a non mangiare, erano presenze tangibili nella stanza. Il labbro inferiore le tremava.

“Lei non sa niente di me,” disse ad Amalia.

"So che tua madre se n'è andata da qui perché ti voleva. E tu non la capisci, non sai se amarla o punirla."

"Mia madre è una bugiarda."

"Tua madre è una donna che soffre. 'Fimmina persa' la chiamavano. Sai che significa?"

"No."

"Significa che a un certo punto il coraggio ce l'ha avuto. E l'ha trovato per te."

Provavamo ancora troppa rabbia nei confronti del mondo e di tutte le cose che non avevamo capito per renderci conto che in quel momento Amalia ci stava tramandando una verità della vita. Che prima di essere genitori si è figli, e che un genitore a volte è un figlio che non si è perdonato.

"Non capisco," disse Marina.

"Tua madre Lia aveva pochi anni più di te quando è venuta a chiedermi aiuto. Stranamente, quella volta tua madre non c'era," disse posando lo sguardo su di me. "Sì, tua madre. Erano inseparabili quelle due. Lia e Teresa, Teresa e Lia. Dovreste chiederle a loro, le cose che volete sapere." Si alzò e andò a rovistare in una credenza vicino ai fornelli. Quando riemerse, tirò fuori quella che sembrava una grossa padella d'acciaio.

"Per le cose fatte da altri, possiamo provare con questo," sentenziò, e ci condusse fuori, in mezzo alla terra, dove mise la padella su un focolare di pietra. Poi ci buttò dentro legna secca e ogni sorta di pianta presente nel suo giardino: dal bacco di San Giuseppe, con i suoi riflessi glicine, ai ciuffi erbacei che durante l'infanzia chiamavo "gattini", fino alle foglie di cedro con il loro aroma inconfondibile, secondo soltanto a quello delle rose; infine la lavanda e il rosmarino, foglie del gelsomino non ancora fiorito, bacche tardive di ginepro. Aggiunse un geco rinsecchito, i residui della muta di una biscia e alcune mandorle, quindi prese un lungo fiammifero e accese il fuoco partendo dai rametti più secchi e facendo aria con un grosso ventaglio. Quando il contenuto della pentola iniziò a crepitare, assunse un'espressione soddisfatta e si voltò di nuovo verso di noi.

"Adesso prendete le fotografie, sì, pure tu," mi disse, "tanto lo so che le hai toccate. E gettatele nel fuoco a una a una. Poi solo tu, Marina, getti anche le ciocche." E siccome Marina esitava: "Ah, non guardarmi con quegli occhi. Lo so che ti dispiace, ma non è nemmeno detto che ci riusciamo così, e noi vogliamo fare il meglio che possiamo... o no?".

Si sedette su uno sgabello di fronte alle fiamme che ardevano e ci invitò ad avanzare. Lasciammo andare le fotografie una per volta, come ci aveva detto, l'odore di fumo e di carta bruciata che ci entrava nelle narici e invece di opprimere i polmoni sembrava liberarli. Guardando bruciare quelle immagini, pensai che avevano resistito tanti anni per poi finire così, cancellate per sempre, vittime della suggestione di due ragazzine e di una donna e, a onor del vero, anche di due vecchi. Mi domandavo cosa provasse Marina, lei che veniva da fuori e si era ritrovata in un'isola di mistici e fattucchiere dove tutti sembravano sapere tutto di lei, senza in realtà sapere niente. La guardai: più che tranquilla, sembrava di cera. Stava gettando nel fuoco le due ciocche, che bruciarono attorcigliandosi su sé stesse come fili di nylon. Restammo lì ad aspettare che ogni cosa si consumasse e si riducesse in cenere. Era quasi il tramonto e iniziavo a sentire il ronzio delle zanzare sovrastato a poco a poco da quello degli insetti impollinatori. Solo allora Amalia si alzò, sistemandosi la collana di corallo.

"Questo era per le cose fatte da altri, adesso pensiamo alle cose fatte da te," disse rivolta a Marina. Prese una pinza dal tavolo e tagliò uno dei rametti della collana. Lo avvolse poi nel nastro rosso che prima legava le fotografie di famiglia degli Amato e fece un nodo. "Tieni. Questo devi agganciarlo al reggiseno, il più vicino possibile al cuore." Quindi si voltò verso di me, mettendomi in mano qualcosa. "Questo invece è per te, anche tu ne hai bisogno. È un dente di delfino. I delfini non sono come gli squali, hanno gli stessi denti per tutta la vita. Trovarne uno è raro, e sono talismani potentissimi."

Da casa di Amalia uscimmo diverse da come eravamo entrate, non saprei dire se in meglio o in peggio. L'ultima immagine che conservo di quella serata è Amalia seduta sullo sgabello davanti alle braci, le braccia intorno alle ginocchia.

Conservo anche una domanda, sorta allora e rimasta senza risposta: ha radici più profonde ciò che sentiamo o ciò che sappiamo?

23.

Io e Marina non parlammo né dei fatti accaduti né di quelli appresi. Facevamo finta di nulla. Il sole sorgeva sempre da est e tramontava a ovest, e allo stesso modo noi continuavamo a non parlare della cosa con le rispettive madri, ognuna per motivi diversi. A mia madre io ero incapace di associare una vita intima che si svolgesse o si fosse svolta al di fuori della casa, forse perché la regina degli impeti e dei turbamenti d'animo era stata per me Nietta, facendo passare lei in secondo piano. Nietta e la lavanda, Nietta e la nonna, Nietta che non aveva mai voluto sposarsi, Nietta che aveva scelto di restare libera, in contrapposizione a mia madre. Forse non sapevo vedere il sacrificio insito nel ruolo di moglie e di madre, al punto che anche quando pensavo alla mamma lo facevo senza riferirmi mai al suo nome: Teresa.

Possono i ruoli che assumiamo nella vita diventare più importanti della nostra identità? Della Teresa bambina, adolescente, sapevo poco e nulla. Come le piaceva giocare? Correva veloce? Qual era il suo colore preferito? Era sempre stato lo stesso? Chi erano state le sue amiche? Davvero Lia Amato era stata la più cara tra loro? Sapevo soltanto come aveva conosciuto mio padre, come se la sua vita fosse cominciata nel momento in cui era arrivato lui. Il pensiero che mia madre fosse per me una potenziale estranea mi dava una specie di prurito che mi si diffondeva in tutto il corpo, difficile da spiegare.

In più, avevo poca voglia di parlare con lei perché la incolpavo, insieme a mio padre, del fatto che non avrei potuto continuare a studiare, e dunque non sarei andata a scuola con Marina. Studiando, lei avrebbe stretto nuove amicizie per le quali mi avrebbe inevitabilmente messa da parte: io avrei lavorato e chi, venendo dalla città, avrebbe voluto un'amica con le mani sporche di terra? Sarei inoltre invecchiata in modo precoce, perché il lavoro all'aria aperta ti consuma, e le mie mani si sarebbero riempite di piaghe, mentre Marina, che avrebbe studiato, sarebbe diventata bellissima... E anche più intelligente di me, se non lo era già, perché di là esistevano le librerie e si vociferava persino di una biblioteca. Dunque avrebbe avuto a disposizione tutti i libri che voleva, e quell'occasione non l'avrebbe di certo sprecata.

Dal canto suo, anche Marina continuava a guardare sua madre come un mistero insolubile al quale aveva iniziato ad accostarsi. C'erano gli Amato, quella famiglia di cui per lungo tempo non aveva saputo niente ma nella cui storia era stata catapultata non appena messo piede sull'isola. Le avevo chiesto cosa le avesse detto sua madre di loro, quando erano ancora in città. Marina, sdraiata sul letto, mi aveva spiegato che Lia le aveva sempre raccontato di essere andata via perché era rimasta senza famiglia, senza un tetto e solo con suo padre. Avevo pensato alla mia casa d'infanzia piena di parenti, con mamma, papà, Nietta e nonna. E mi era sembrato inimmaginabile crescere senza radici.

"Ma a lei l'hai detto che qui non ci volevi venire?" le chiesi.

"Non le importava," rispose. "Credo volesse solo mettere più distanza possibile fra lei e mio padre, che ormai non era più mio padre e neanche suo marito. Non sapevo come comportarmi con il suo dolore, perché credevo che fosse anche colpa mia."

Ero rimasta zitta per un po', pensando a lei che prima aveva visto la famiglia disgregarsi e poi era stata trascinata in un posto estraneo.

"E tuo padre? A lui non pensi mai?" le chiesi poi.

"Di certo lui non pensa a me," fu la pronta risposta di Marina. "Ti immagini avere una figlia e dimenticarsi che esiste? E ti immagini, da figlia, andare a cercarlo? No, non lo cercherò mai, per nessuna ragione al mondo. Quanto a mia madre, sostiene che siamo venute qui perché non avevamo altro posto in cui andare. Mi ha confessato che per anni ha avuto da questa casa una rendita di cui non avrebbe potuto disporre se non fosse tornata. Qualcuno si occupava di affittarla mentre noi non c'eravamo, già ai tempi del nonno. Una parte era per loro e una parte la versavano su un conto. In città la mamma manteneva lei e me facendo dei lavoretti, sono quelli i soldi che ha usato per il viaggio e per traslocare. Erano gli ultimi, non sarebbero bastati per continuare a vivere in città con gli affitti che ci sono. Qui, invece..." Esitò. "O almeno così mi ha detto. Continuavo a chiedermi cosa c'entrasse mia madre con un'isola. Ma, una volta arrivate, dagli scatoloni sono usciti fuori quadretti di paesaggi, coste, spiagge e mare. Li aveva dipinti lei. Non avevo mai capito che quello che dipingeva erano scorci di qui. Ne ricordo uno, con una scogliera e certe strane torri squadrate, di pietra, e il mare rosso, semplicemente rosso. Mi ha sempre messo paura. Le chiedevo: 'Perché fai il mare rosso, mamma? Il mare che dovrebbe essere azzurro, accogliente, tu lo fai rosso... perché?'. Mi diceva che la pensavo così perché il mare non lo conoscevo, che il mare tutto può dare, ma tutto toglie a chi non sa guardarlo."

Avevo sorriso all'idea di quella donna che tutti avevano dato per fuggitiva e che in realtà si era portata il mare dentro le sue tele, come per una mancanza da espiare.

"Era Cala Rossa," dissi a Marina, "appena fa caldo, ti ci porto. Ci fu una battaglia lì, fra Romani e Cartaginesi, il rosso che tingeva il mare era il sangue degli ammazzati. Adesso è una baia azzurrissima. È accogliente, come dici tu. Ma nelle giornate di Maestrale il mare le si riversa addosso e diventa pericolosa, come dice tua madre. Lei questa cosa doveva saperla come tutti noi, ma non ha voluto dirtela... forse pensava che, non avendola mai vista, non l'avresti capita. Come si fa a spiegare il mare? La verità è che non si spiega. Noi ci nasciamo, con un senso per il mare, e sappiamo che una giornata può essere buona o cattiva a seconda della direzione in cui soffia il vento. Pensa che pure quest'isola porta il nome di un vento. Da piccola non mi sembrava abbastanza romantico, allora mi ero inventata la storia che aveva un nome di donna, una donna innamorata della terraferma, che una volta si era anche spinta fin lì e poi era stata ricacciata indietro dal mare. Quello l'aveva trascinata via con calma ma in modo inesorabile, fino a renderla davvero un'isola, un'isola nostalgica della terra a cui era legata." Mi interruppi, titubante. "L'ho letto su un libro di storia, si chiama sindrome dell'arto mancante, veniva ai reduci di guerra a cui avevano amputato un arto. Si ritrovavano senza una gamba o un braccio, eppure continuavano a sentirlo e non smettevano di cercarlo. Ecco, è quella mancanza lì che abbiamo dentro, da che nasciamo. Per alcuni è nostalgia della terra, per altri del mare. Io non lo so ancora la mia qual è. E penso che non lo sappia nemmeno tu."

Marina mi guardò, indecisa. Si era tirata su a sedere.

"Vorrei provarlo, questo senso di appartenenza che avete tutti voi, anche se non credo che ci riuscirò. Starò qui con mia madre finché devo, perché non ho scelta... Non posso abbandonarla, anche se a volte vorrei. Ma io a questo posto non apparterrò mai."

24.

"Ho scritto una poesia."

Eravamo sul terrazzo della scuola e stavo riordinando degli appunti, provando a dare un senso alla nube di parole che avevo messo giù nella speranza di avere qualcosa da leggere, come da rito, per la processione della Marunnuzza.

Sotto di noi, vedevo un gruppo dei miei compaesani al lavoro su una scala a pioli. Avrei potuto elencarne i nomi a uno a uno, eppure non sarebbero stati i loro, perché avrei usato i soprannomi delle loro famiglie. Stavano rimontando le luminarie che avevano tolto in fretta e furia quando il maltempo era arrivato senza preavviso. Uno intrecciava e l'altro passava il filo con le luci. Altri, più in là, appendevano uno stendardo con l'effigie della Marunnuzza.

La lettura pubblica per la Marunnuzza mi metteva ansia: avrei voluto scrivere qualcosa di bellissimo, per costringere i miei a rendersi conto che sarebbe stato ingiusto non mandarmi più a scuola. Invece la pagina resisteva, come se al posto dell'inchiostro stessi usando acqua. Avevo messo da parte i miei quaderni con un sospiro un po' snervato e preso quello che Marina mi porgeva. Inutile dire che dopo aver letto la sua poesia abbandonai definitivamente il proposito di scrivere per dedicarmi alla ricerca di un brano scritto da qualcun altro. Lo avrei pescato da uno dei libri che mi aveva prestato lei e che custodivo sotto il letto, per sfuggire ai moniti di mia madre secondo cui tutto quel leggere avrebbe finito con l'allontanarmi dalla vita vera.

"È bellissima," le dissi, restituendole il foglio. Lei arrossì e la sua carnagione creò uno strano contrasto con la ciocca bianca.

"È difficile farsi leggere," rispose. "La scrivi ed è una cosa tua. In quel momento ti sembra perfetta. Altre volte la riguardi e la trovi terribile, e vorresti non averla mai scritta: ti mette davanti a tutto ciò di cui ti vergogni, che ti fa paura di te. Puoi sempre dirti che non è vero, che è qualcosa di inventato. Se lo fai leggere a qualcuno, però, diventa reale. E una volta che l'hai ascoltato cominci a crederci anche tu. Cose che sembravano finte, di colpo sono vere solo perché qualcuno le ha lette ad alta voce."

"Preferiresti che non ti leggessero?" le chiesi un po' distrattamente.

"Io non scrivo per essere letta, ho sempre scritto per me. Oggi mi faceva piacere che leggessi tu, perché vale tanto sia per me sia per te. Almeno credo... Ma questa sensazione la provo anche se a leggere ad alta voce sono io. Così a volte invento cose belle, cose che vorrei accadessero. Altre volte, scrivo di cose brutte, perché è il solo modo che ho per farle uscire dalla testa... Altrimenti mi ingoiano."

Eravamo rimaste oltre il rientro pomeridiano. Intorno a noi fervevano i preparativi per la festa. Il Pendolo si dava da fare dirigendo le classi nella raccolta dei fiori, quelli che sarebbero stati gettati in mare una volta che la barca con a bordo la Marunnuzza fosse salpata. Aldo era coinvolto più degli altri: aveva preso in carico la gestione dei ragazzini più piccoli e stava spiegando loro come intrecciare corone di fiori. Avevano scelto la gerbera, con la sua corolla a margherita, e poi le rose, perché non era mai capitato che quel rito si celebrasse con la loro fioritura e sarebbe stato un peccato sprecare quei boccioli bianchi che ormai da una settimana esplodevano lungo la recinzione della scuola. I "piccoli" non accettavano i suoi consigli di buon grado.

Aldo era un ripetente, e si sentiva ancora più legittimato di noi a comportarsi da grande. Spesso assumeva un tono autoritario, che però in fondo mi piaceva perché era deciso senza risultare goffo o forzato. Nel corso degli ultimi mesi avevamo parlato meno del solito, si era fatto più taciturno, ma il suo aspetto aveva guadagnato in intensità. Le sopracciglia erano diventate folte, gli occhi due perle nere. Aveva anche un naso aquilino un po' arcigno, che visto da solo si sarebbe potuto dire brutto, e che tuttavia non stonava affatto con il resto del volto, quasi avesse avuto bisogno soltanto dell'incastonatura giusta per creare un'armonia completa. D'altro canto, chi stava nelle prime classi si sentiva cresciuto per il semplice fatto che da adolescenti ogni anno era un gigantesco salto in avanti. E le due tendenze, la loro e quella di Aldo, sfociavano in una lotta per il potere che vista da fuori faceva sorridere. Il più alto tra i piccoli stava di fronte a lui con le mani sui fianchi, a cercare di tener testa ad Aldo per farsi bello agli occhi delle coetanee, che comunque non lo degnavano di uno sguardo. Guardavo la scena sorridendo e fu con fatica che tornai alla conversazione con Marina: la mia mente vagava, dal mio non saper scrivere ad Aldo, e intanto con la coda dell'occhio sbirciavo un angolo lontano dove intravedevo Nello, Giulia e Anna intenti a tagliare a misura i nastrini di raso per le coroncine dei bambini.

"Preferisco lasciare stare," dissi a Marina. "Quando provo a scrivere ripenso a tutto quello che ho letto e non ne esce fuori nulla, qualsiasi cosa io scriva sembra banale al confronto."

Lei storse la bocca, non sembrava convinta. Né di quello che dicevo né dell'attenzione che le riservavo.

"Con questo principio, non scriverebbe nessuno," rispose. E si mise anche lei a guardare nel cortile. "Non capisco tutta questa agitazione per una Madonna. Da dove vengo io non andavamo neanche a messa," disse d'un tratto.

Era una di quelle cose che facevamo da così tanto tempo che le ragioni per cui avevamo iniziato si erano perse lungo la strada.

"Non penso abbia a che fare con la religione. Più con l'abitudine, forse," spiegai. "Pensandoci bene, neanche si sa più come questa Madonna sia arrivata qui. Alcuni dicono che un giorno uno dei primi cavatori abbia finito di scolpirla e il mattino dopo l'abbia trovata che piangeva e abbia gridato al miracolo. Altri, che sia stata un dono di alcuni isolani che vivevano a Tunisi o in Libia, ai quali mancava lo scoglio. Di certo, da sempre quello della Marunnuzza è un giorno di festa a cui partecipiamo tutti. A scuola si scrivono poesie o brani da leggere ad alta voce, a volte si prepara una recita, altre dei canti. Non ci domandiamo perché lo facciamo, lo facciamo e basta... E quando la barca che porta la Marunnuzza salpa e la vediamo andare verso l'isola a ovest siamo tutti felici, perché come ogni anno il nostro dovere è compiuto." Sorrisi. "Un anno, per la guerra, non si celebrò, e furono dodici mesi di sfortune. In mare non si pescava niente, dai terreni non si raccoglieva nulla. Nessuno dubitò che la Marunnuzza si fosse offesa."

"Ma non dovrebbe essere buona la Madonna?"

"Penso di sì. Ma, come per tutte le cose, bisogna prendersene cura."

"Hai ragione," convenne Marina. E subito dopo: "Ma allora non lo fate per la Madonna, in realtà lo fate per voi...".

"Qualunque sia il motivo, il risultato non cambia. Basta che lo facciamo. Tu perché stai partecipando?"

"Perché non mi pare di avere scelta. Come tutto quello che accade nella mia vita..."

"Forse dovremmo impegnarci di più, quando vogliamo qualcosa. E forse dovremmo dirlo chiaramente cosa vogliamo. Tu cosa vorresti?"

"Essere libera," disse senza esitazione. "Dovremmo esserlo tutti."

Non potei fare a meno di pensare che fino ad allora la libertà mi era sembrata più qualcosa da guadagnarsi lungo il cammino che un diritto di nascita. Qualcosa che comportava un prezzo da pagare.

"Forse non si può essere davvero liberi quando si hanno dei legami," risposi.

Lei annuì, poi aggiunse che aveva bisogno di andare a casa, come dovesse fare i conti con una serie di pensieri che non mi aveva confidato.

Rimasta sola, chiusi anch'io il quaderno e andai in cortile, sperando che l'aria fresca spazzasse via quel po' di malinconia che mi era salita.

25.

La luce che filtrava tra i rami del pioppo nel cortile della scuola creava come una trama merlettata sul viso di Aldo. Talvolta gli illuminava l'iride, che mi accorsi essere screziata di giallo nonostante avrei giurato che fosse sempre del solito colore scuro. Altre volte gli illuminava i capelli cenere, donando sfumature dorate a quello che altrimenti avrei chiamato color topo. I ragazzini di prima media erano andati via e adesso il prato era tappezzato di vecchie lenzuola stese per accogliere i fiori: una strana scacchiera dove le caselle non erano bianche e nere, ma bianche, beige, azzurrine, a seconda di quello che le famiglie avevano potuto donare. I fiori erano stati raggruppati per colore, pur essendo di varietà differenti. Così, nel giro di pochi metri quadri c'erano tulipani, narcisi, giacinti, calle e iris, fresie e anemoni, in tutte le sfumature che il mese di marzo consentiva. Durante la cerimonia sarebbero stati buttati in mare.

Posai lo zaino sotto un albero e mi avvicinai ad Aldo, stando ben attenta a non pestare i fiori. Lui, dopo aver riordinato guanti e cesoie, stava mettendo via le sue cose.

"Ce l'hai fatta alla fine, eh?"

Si voltò verso di me, sorpreso. "Di che parli?"

"Di quelli di prima media," risposi imbarazzata, "sembrava non volessero ascoltarti."

Lui si strinse nelle spalle e, continuando a trafficare, rispose: "Gli ho solo lasciato credere che potevano fare come volevano loro, anche se in realtà stavano facendo quello che volevo io. È andata bene per tutti".

"Ma perché è toccato a te dirigerli? Non sei un rappresentante di classe..."

"Me l'ha chiesto il Pendolo. Una specie di sfida, pensava che non ce l'avrei fatta. Lo scorso anno è stato per lui che mi hanno bocciato, diceva che non ero affidabile."

"Perché ti hanno bocciato? Non sei stupido," dissi di getto, e subito me ne pentii, arrossendo. Mi erano tornati in mente i pettegolezzi ascoltati l'estate precedente da Giulia e Anna, ai quali ai tempi avevo annuito senza sapere bene cosa dire per difenderlo. Erano le classiche cose che si pensano ma non si dicono ad alta voce. Sussurrai uno "scusa, non sono affari miei" e abbassai lo sguardo. Lui non si offese. Sembrava pensare ad altro. Vicino al cancello, Nello, Giulia e Anna battibeccavano, il pomeriggio era stato impegnativo anche per loro. Tesi l'orecchio. Non riuscivo a cogliere i dettagli. Anche Nello, come Aldo, sembrava cambiato dall'inizio della scuola: si era allungato e si erano allungati anche i suoi capelli, che ormai ricadevano in ricci disordinati intorno al viso smorzandone l'ovale spigoloso. Era come se stessi tornando a vedere tutti in quel momento.

Aldo si riscosse dai suoi pensieri e riprese l'argomento: "Mi hanno bocciato perché ho smesso di andare a scuola. Non è che ti promuovono solo perché sei intelligente. Il Pendolo ha pensato che non ne volessi sapere di studiare e ha deciso di darmi una lezione. Pensava che altrimenti avrei avuto una scusa per continuare a non impegnarmi". Lo disse imitando il tono flemmatico del preside, che fino a quel momento avevo saputo essere fermo, ma di buon cuore.

"Mi dispiace."

"Non dispiacerti. Aveva ragione lui a pensare che sono un cretino. Non sapeva che non andavo più a scuola perché mia madre era malata, ma in effetti non è che saltassi le lezioni per stare di più con lei. Quando mio padre mi accompagnava, facevo solo finta di entrare. In realtà mi nascondevo là dietro," indicò un pilone a lato dell'ingresso, "e aspettavo che il piazzale si svuotasse per nascondere lo zaino nel capanno degli attrezzi. Poi andavo per i fatti miei, in collina o verso la costa. Ha funzionato fino a quando non hanno chiamato a casa... e la festa è finita." Scosse la testa, ma subito dopo gli scappò un sorriso: "Non hai idea di cosa facevo in quelle mattine! Una volta ho fregato la bici a uno di prima... forse è per questo che non gli sto simpatico... anche se, a quanto mi risulta, il diretto interessato non ha mai saputo che sono stato io. Comunque, era quello di fronte a me con le mani sui fianchi, quello che vuole fare colpo su Debora, la bionda di II A. Be', ho preso la sua bici e sono andato fino al Bue Marino. Mi ha sempre fatto ridere il nome di quella spiaggia, che poi non è una spiaggia ma una scogliera. C'è un punto, lì, da cui è bello tuffarsi". Gli occhi di Aldo cercarono l'orizzonte, mettendo a fuoco il ricordo. "Era maggio, e il vento veniva da Ponente. Mi sono spogliato e mi sono tuffato dal picco. I miei non volevano, dicevano che era pericoloso. E farlo così, di nascosto, mentre tutti mi credevano a scuola, è stato bello. Poi ho raggiunto a nuoto una delle grotte sottomarine. Cercavo i famosi buoi di mare di cui parlavano tutti, che poi sarebbero le foche monache, lo sai, no? Mio padre diceva di averne vista una, io non le ho mai viste, e forse neanche credo che ci siano mai state. Quello che ho visto io è che era pieno di meduse, lì, davanti alla mia faccia. Allora sono subito risalito in superficie, ma una ha fatto in tempo a beccarmi, qua sullo stinco." Si alzò la gamba del pantalone per mostrarmi il segno. Si distinguevano con chiarezza la testa e i tentacoli impressi sulla pelle come un'ustione.

"Ed è così da un anno?" gli chiesi.

Lui annuì: "Però mi piace assai. Pare un tatuaggio, e quest'estate in spiaggia me lo guardavano tutte".

Risi. Un tipo di risata leggera, che non mi veniva fuori da tempo. "Seee, vabbè..." dissi. "E perché adesso lo stai facendo vedere a me?"

Mi guardò con un sorrisetto: "Forse ci sto provando?". Subito tornò serio. "Ma la verità è che noi due non siamo nemmeno amici. Credevo di sì, ma mi hai solo usato per diventare amica di quella Marina... non è vero? A proposito, come va con lei?" aggiunse disinvolto. "So che non hai più visto neanche gli altri," disse facendo un cenno in direzione di Nello, Giulia e Anna. "Hanno il dente un po' avvelenato. Guardali, chissà di che stanno discutendo... L'altro giorno parlavano di te, dicevano che sei a convenienza, che di te non ci si può fidare, li hai abbandonati perché hai trovato di meglio e qua non ci vuoi stare, ti facciamo tutti schifo. Hanno anche detto che preferisci la strània, la ragazza di città, perché noi non siamo abbastanza per te."

Il cuore mi batteva forte, lui continuò: "All'inizio ero d'accordo. Poi però ho pensato a te, quel giorno che mi hai aiutato con le piante... Si vedeva che per te non era la prima volta, sei una a cui piace mettere le mani nella terra. Quindi ora mi chiedo: chi sei davvero?".

Era come se si stesse vendicando della nostra ultima conversazione, nella quale invece ero stata io a punzecchiarlo. E aveva ragione a sfruttare l'occasione. Mi ero riavvicinata a lui spinta da una curiosità che lì per lì non avevo saputo decifrare. Ad attrarmi non era stato il suo sguardo più intenso, e neanche la sua capacità di imporsi sui ragazzini, quanto il desiderio di tornare a confrontarmi con qualcuno che mi capisse. Stare con Marina era bello, ma cercare di piacerle stava iniziando a costarmi una parte di me stessa. E si era rivelato impegnativo. Mi sentivo come se con lei non potessi più parlare delle cose che mi stavano a cuore. O forse non l'avevo mai fatto e me ne rendevo conto solo in quel momento. Il mio era un desiderio di essere compresa che si mescolava a uno strano senso d'abbandono. Ma, se ci ragionavo, mi accorgevo che non erano sensazioni nate da quando conoscevo Marina. Erano lì già da prima, semplicemente le avevo ignorate. Una volta avrei parlato di tutto questo con Nello. Adesso non potevo più. Lo avevo fatto per me o per lei?

"Non so chi sono, ma adesso, quantomeno, comincio a capire chi *non* sono. E non sono tanto diversa da te," dissi allora.

Stavolta fu lui a ridere. "E cosa sapresti di me?" chiese.

"So che se ti dicessi di venire a saltare da quella scogliera con me, adesso, subito, ci verresti... Tanto per dire di averlo fatto."

"È qui che ti sbagli. Io non ho bisogno di raccontare agli altri le cose che faccio. Le faccio per il piacere di farle."

"Anch'io."

"Ah, sì? E qual è l'ultima cosa che hai fatto da sola, senza l'amica tua?"

Ci riflettei. "Non posso dirtela," risposi.

Sembrò stupito. "Allora forse è vero che qualcosa per te la fai." Si alzò in piedi: "Vieni, andiamo".

"Dove?"

"Alla scogliera, no?"

26.

La verità è che al Bue Marino non c'ero mai stata. Però a spanne sapevo dove si trovava, sull'isola un senso della geografia lo avevamo tutti da che nascevamo. Allora ero salita in bici e avevo cominciato a pedalare fingendo di essere sicura di me. Aldo mi seguiva.

Faticammo una ventina di minuti, prendendo uno sterrato interno che a un certo punto mi fece persino venire il dubbio di esserci persi. Mi voltai, vidi il profilo della montagna, mi rasserenai: la mia bussola interna funzionava ancora. Anche il tratto di costa del Bue Marino, come quello che portava a Cala Rossa, proprio lì vicino, era bianco e polveroso di tufo. Qua e là, i terreni ai lati dello sterrato si aprivano rivelando vecchie cave in disuso. Alcune erano invase da una vegetazione rigogliosa e selvaggia, altre ospitavano case più simili a baracche, con i tetti in lamiera, e di altre ancora non si vedeva il fondo ma se tendevi l'orecchio percepivi lo scrosciare dell'acqua.

Quando ce le lasciammo alle spalle, si aprì davanti a noi la scogliera. Scendemmo da una scala di pietra così consumata che, a non sapere dove si trovava, si sarebbe detto che una via d'accesso non c'era. Era come se sulla parete rocciosa qualcuno avesse ricavato un'immensa camera, con uno scivolo bianco, ruvido, che scendeva fino al mare. Sotto di noi, scogli aguzzi affioravano da un'acqua limpida e azzurrissima. Mi voltai e vidi dietro di me Aldo già pronto a tuffarsi. Appena percepì il mio sguardo, iniziò a correre sullo scivolo di pietra sfruttandone la pendenza per poi darsi lo slancio finale e buttarsi oltre gli scogli nell'acqua profonda. Riemerse con un sorriso. "Che fai ancora lì?" disse. "Sbrigati, è stata una tua idea."

Scesi con prudenza fino a dove potevo, quindi mi stesi di pancia sulla pietra piatta e allungai un braccio fino a riuscire a toccare l'acqua. "È troppo fredda! Non lo faccio il bagno!" urlai di rimando.

Non avrei mai pensato che si sarebbe buttato davvero, la mia era stata soltanto una provocazione.

"Sei una cagasotto!"

"Non è vero, è che non voglio ammalarmi."

Sbuffò e prese a nuotare avvicinandosi al punto in cui mi trovavo, l'unico adatto alla risalita in tutta la scogliera.

"Sì, proprio una cagasotto," confermò. E, a sorpresa, mi schizzò. Lui rise, io battei in ritirata, maglia e capelli bagnati. Mi rifugiai all'ingresso della cava, vicino ai residui di un piccolo fuoco. Avevo i brividi: marzo non era abbastanza caldo e la scogliera era già in ombra a quell'ora, era tutt'altra storia rispetto a fare il bagno con Marina nella cava, protetta dalle correnti. Aldo riemerse da dove l'avevo lasciato, venendomi incontro. Sparì rapido dietro una roccia, poi riemerse del tutto vestito, i capelli bagnati e sparati in direzioni diverse come una rockstar.

"Ah, Mia... sempre a sindacare, ma quando ti si chiede di fare qualcosa ti tiri indietro," mi canzonò, prima di porgermi la sua giacca di jeans. "Mettila, hai freddo."

Obbedii.

"Andiamo, ti accompagno a casa. Ma stavolta segui me, non fare finta di sapere la strada, non serve."

Arrossii, sconfitta. Ci alzammo, risalimmo fino al piazzale dove avevamo lasciato le bici.

"Prima che andiamo," mi disse Aldo montando in sella, "dimmi almeno una delle cose che ti passano per la testa. Solo una."

Scoppiai a piangere. La cosa sorprese me e confuse lui.

"Voglio continuare a studiare, l'anno prossimo."

"Non ti mandano?"

"No."

Lo vidi pensarci su. "Se è per i soldi, vai a lavorare. Magari ti serviranno un anno o due, ma non farà una grande differenza... alla fine studierai."

"Ho promesso a Marina che ce ne saremmo andate insieme, non posso abbandonarla."

Alzò gli occhi al cielo. "Non sei sua madre, Mia. Non è scritto da nessuna parte che devi starle appresso."

"Ma le voglio bene."

"Sì, ma lei questa cosa della scuola non la sa, vero?"

Feci una smorfia. "No."

"E perché non gliela dici? Perché l'hai detta a me invece che a lei?"

"Perché tu puoi capire."

"A me non frega niente di continuare la scuola. Già lavoro con mio padre il sabato e la domenica. Lui lavora anche se ha la seconda elementare. Non è fregato nemmeno a lui di studiare. Tu che ci vuoi fare con la scuola?"

"Non lo so. Voglio fare qualcosa di diverso. Voglio la possibilità di capirlo col tempo. Se non fossimo qua, non sarebbe così difficile."

"Che vuoi dire?"

"Qui, qualsiasi cosa vogliamo fare, dobbiamo attraversare il mare."

"Potresti andare a stare dalle suore."

"Qualcosa la farò," tagliai corto.

"Eppure non ti facevo un tipo studioso. Anche se si vede che ti piace fare la maestrina," disse per provocarmi.

Iniziò a pedalare a tutta velocità, con me che penavo per stargli dietro.

27.

Di ritorno dalla scogliera vidi la bicicletta di Marina parcheggiata davanti a casa mia.

Aldo si era fermato per salutarmi all'inizio della strada, quando ormai il mio portone era in vista. Non era andato oltre: non voleva che i miei ci vedessero tornare da soli perché non sarebbe stato bene, e in più una volta, da giovane, suo padre aveva litigato con il mio per una "questione di femmine", e allora forse era meglio evitare di far sapere della nostra amicizia, anche se lui continuava a sostenere che amici non lo eravamo affatto.

Le sue considerazioni mi confondevano: continuavo a ripensare a quanto bella e ovattata mi era sembrata la luce sulle cose mentre lo rincorrevo durante il tragitto verso casa e a com'era mutata bruscamente una volta che ci ero arrivata.

Avevo sperato di riuscire a sgattaiolare dentro senza essere vista nonostante fosse ancora giorno, di nascondere capelli e maglia bagnati, ma tutti i miei propositi andarono in fumo quando vidi la bici di Marina e le luci della cucina accese.

Entrai e richiusi la porta dietro di me cercando di fare meno rumore possibile, ma mia madre mi venne subito incontro.

"Dove sei stata? C'è una tua amica che ti cerca."

"A scuola," risposi, "facevano i gavettoni con i palloncini."

Non sapeva se credermi. Poi fu come se avesse deciso

di rilassare all'improvviso tutti i muscoli del viso. Lei perse vent'anni, io rilasciai il respiro trattenuto.

"Ai miei tempi li facevano a Carnevale, ora li fanno pure per la Marunnuzza?"

Marina era rimasta in cucina, seduta all'estremità del tavolo più distante dalla porta, ma a portata d'orecchio. Si vedeva che si sforzava di trattenere un sorrisetto: sapeva benissimo che mentivo. Era una visione d'angelo in quella che avevo iniziato a percepire come la tetra malinconia di casa. Si era agghindata per piacere, pur mantenendo quello stile che avevo smesso di considerare un po' anacronistico rispetto all'isola. Quel giorno i pantaloni che portava erano neri e nera era anche la maglietta, semplice e stirata con cura. Aveva anche raccolto i capelli, cosa che solitamente faceva quando non aveva avuto tempo di lavarli; solo che stavolta si vedeva che erano puliti, acconciati in modo che nessun ciuffo vagasse a caso e nascondendo quello bianco.

Anche mia madre sembrava essersi preparata. Le piaceva ricevere visite dagli sconosciuti, era come se all'improvviso prendesse colore. Si era sciolta i capelli. Mi sembrava quasi di vederla nel momento in cui sentiva suonare il campanello e si accorgeva che sull'uscio c'era una persona mai vista. E allora di corsa si cambiava e rassettava il tavolo della cucina, il tutto nei pochi secondi necessari per gridare "arrivo" e fingere di venire dalla parte opposta della casa.

Mi svincolai da mia madre e andai a baciare Marina sulle guance. Mi squadrò da capo a piedi: avevo ancora addosso la giacca di Aldo, i capelli impiastricciati di sale, il viso arso dal vento preso durante la corsa in bicicletta.

"Sono appena arrivata," mi disse. "Tua madre è splendida," continuò voltandosi verso di lei.

Mia madre le sorrise. Era al lavello, intenta a insaponare e rinsaponare una casseruola come se volesse consumarla. Mi sarei aspettata un rimprovero, un "vai a lavarti, prima", e invece niente. Sembrava persa nei suoi pensieri. Ogni tanto lanciava uno sguardo a Marina, che era intenta a fissare me.

"Sono tornata a scuola prima, ma non ti ho trovata. Hai dimenticato questo sul terrazzo," continuò lei, e mi porse il quaderno con gli appunti per la processione.

"Grazie," risposi.

Fece un gesto che significava *Figurati*. "Bella giacca," disse poi.

Arrossii. Doveva avermi vista con Aldo. Feci un cenno col capo a indicare mia madre e mi portai il dito alle labbra. Marina annuì, ma sembrava infastidita.

Nel frattempo mia madre si era messa ad armeggiare con gli sportelli della cucina. Si chinò, estrasse un vassoio incartato con cura e ce lo portò. Dentro c'erano biscotti di mandorla e cioccolatini, interdetti a me e a mio padre, che lei teneva da parte nel caso fossero arrivati ospiti. Allungai una mano e presi un dolcetto rivestito di carta traforata che minacciava di cadere dal bordo. Lo masticai cercando di non fare troppo rumore. Era un po' duro.

Mamma ci versò del succo di frutta, poi si sedette con noi.

"Quindi, siete compagne di scuola..."

"Sì, da quest'anno," rispose Marina. "Come dicevo, mi sono trasferita qui ad agosto."

"Che bella cosa che venga gente da fuori a vivere sull'isola. Ci vuole aria nuova ogni tanto," commentò mia madre. Adesso aveva preso da una cesta un lavoro all'uncinetto che non toccava dalla morte della nonna. Sollevò il centrino davanti a sé e lo scrutò in controluce, come per individuare meglio il punto in cui si era fermata, ma facendo scivolare lo sguardo su Marina. Poi, prima che se ne accorgesse, riabbassò il centrino sulle ginocchia e si mise a lavorare.

"In realtà, un po' di qui lo sono anch'io. Mia madre si chiama Lia Amato." La voce di Marina attraversò l'aria come una lama.

A mamma cadde l'uncinetto dalle mani, dovette chinarsi per prenderlo. Marina invece ne approfittò per lanciarmi un'occhiata breve e penetrante, giusto il tempo che mia madre riemergesse da sotto il tavolo per domandare: "Lia... Lia, la figlia del Ciuffo?".

Marina annuì. Mia madre perse la sua compostezza. Divenne improvvisamente impacciata nel maneggiare l'uncinetto, insistendo su un punto già lavorato.

"Ah, certo, certo. E... come sta?"

"Sta bene," rispose Marina, e rinnovò la sua occhiata a me. "Ma non parla mai di com'era quando stava qui. Voi come vi conoscevate?"

"Noi come ci conoscevamo... Sai, da queste parti si conoscono un po' tutti, basta uscire..."

Mi venne da ridere. "Quindi, uscivi anche tu?"

Lei si voltò vagamente stizzita: "Sì, uscivo. A dire il vero poco, prima di conoscere tuo padre. Tua nonna non voleva, diceva che le femmine da sole non ci dovevano stare, che combinavano danno perché cu mancia fa muddiche". Lanciò uno sguardo a Marina, poi a me. "Non è come ora, che esci e torni quando vuoi senza dire niente a nessuno," aggiunse, zittendomi prima che potessi replicare.

"A Mia piace fare le cose per i fatti suoi," disse Marina.

"Lo so," rispose mia madre. "E anche a Lia, da quel che ricordo." Il centrino ormai era abbandonato, l'uncinetto posato sul tavolo.

"Non vi siete più viste?" domandò Marina.

"Non ci vediamo da tanti anni. Quattordici, per l'esattezza."

"Perché non è più tornata?"

"Già."

"E tu non sei mai andata a trovarla?"

Teresa avrebbe risposto che non aveva mai lasciato l'isola e Marina avrebbe continuato a domandare, ma entrambe vennero interrotte da mio padre, che fece il suo ingresso in cucina ancora vestito da campagna, la camicia lisa con le maniche arrotolate fino ai gomiti e gli avambracci sporchi di terra.

"E tu chi sei?" domandò rivolgendo lo sguardo a Marina e, subito dopo, sbirciando noi.

Lui invece con gli ospiti non sapeva come comportarsi. Abituato com'era al mutare quieto dei campi e al lavoro in solitaria, al sole non troppo forte ma a tratti accecante che spuntava tra le chiome degli alberi e alla postura delle sue spalle, che da larghe si erano fatte raccolte, come quelle di una bestia selvatica che vive nascondendosi di anfratto in anfratto. Era una caratteristica che ci accomunava e allo stesso tempo ci allontanava: la solitudine ci inselvatichiva.

"Sono Marina," fece lei, e si alzò per tendergli la mano.

Papà gliela strinse fissandola intensamente, poi si lasciò cadere su una sedia.

"Marina è la figlia di Lia, Lia Amato," disse mia madre. Si vedeva che si era dovuta sforzare di non chiamarla Lia e basta.

Papà alzò gli occhi su di lei, come colpito da un fulmine. "Ah... Lia è tornata?" chiese in un misto di trepidazione e stupore.

Mamma annuì.

Lui si rivolse a Marina: "Sei la figlia di Lia e Rocco?" ripeté, come se non riuscisse a crederci.

Non avevo mai sentito pronunciare il nome di suo padre. Sentirlo per la prima volta, e non da lei, mi spiazzò, così come spiazzato continuava a sembrare mio padre.

"Sì," confermò Marina, visibilmente sorpresa.

Quindi fu mia madre a riacciuffare il discorso: "Sai, non pensavamo che li avremmo rivisti da queste parti...".

"Mio padre non c'è," disse Marina di getto.

"Ah. Lia è sola?" chiese allora il mio, di padre. Mamma lo fulminò con lo sguardo.

"Non è sola. Ha me," puntualizzò Marina.

"Be', certo, certo..."

"Cesco, dovremmo andare, il Seppia ci aspetta. Vai a cambiarti," disse a quel punto, un po' sbrigativa, mia madre. "Scusaci Marina, dobbiamo scappare, ma ci rivedremo." E uscì dalla stanza portandosi dietro mio padre, ancora più stordito di quando era entrato.

Rimaste sole, provai a far pace con la mole ingarbugliata di sensazioni che quella conversazione mi aveva suscitato. Marina era rimasta immobile sulla sedia, fissava il muro come se potesse aggiungere qualcosa alla conversazione troncata di netto. Poi prese il centrino all'uncinetto abbandonato lì, lo guardava rigirandoselo fra le mani. Infine lo posò, e mi rivolse uno sguardo che non sapevo decifrare.

"Vieni," le dissi.

Un po' mi vergognavo di portarla in giro per la casa, così diversa dal biancore asettico e soverchiante della sua, e soprattutto di mostrarle la mia stanza. Sentivo di aver indossato fino a quel momento una sorta di maschera che, fra quelle mura, rischiava di cadere.

Superammo la camera di Nietta, e fu come se lì dentro potessi sentire la pressione dei mobili e dei ricordi messi da parte, pronti a rotolare fuori dalla stanza come una valanga.

Entrate in camera mia, mi sedetti sul letto, lisciai la coperta con la mano. Marina si sedette accanto a me, lo sguardo puntato sull'angolo di un libro che spuntava da sotto il cuscino.

"Mi dispiace," le sussurrai.

Si voltò. Avevo visto i suoi occhi così freddi soltanto nei primi giorni, quelli in cui ancora non ci parlavamo. "Ti dispiace? Ti dispiace che i tuoi non dicano quello che sanno?" mi chiese.

Annuii.

"A quanto pare neanche tu lo fai."

"Che vuoi dire?"

"Ti ho vista con Aldo quando sono tornata a scuola, prima. Non ti sembrava una cosa da dirmi?"

"Che cosa?"

"Che c'è qualcosa fra voi."

"Non c'è niente fra noi."

Mi guardò. "Comunque mi sembra che avresti dovuto dirlo a un'amica."

"Qualcosa che non ho mai neanche pensato?"

"Non sei sincera con me," sospirò alzandosi. "E chissà quante altre cose non mi dici. Magari non è vero che ce ne andremo insieme. E in realtà sai benissimo cosa nascondono i tuoi genitori, li stai soltanto proteggendo."

"Ma che cavolo dici?" Ero indignata.

"Tutti sapete tutto tranne me! Mia madre, tu, i tuoi, l'isola... Mia madre che ha ucciso mio nonno, io che porto sfiga e sono maledetta come lui, che non mi si deve stare accanto perché sono appestata." Il tono era gelido. "Come faccio a fidarmi di te, se anche tu sei dei loro?"

Rimasi a bocca aperta. Un po' perché sì, sentivo di averla tradita: da quando la conoscevo avevo perso il conto delle cose che avevo taciuto per non ferirla e non farla allontanare da me. Un po' perché quelle parole gettavano una strana ombra sulla mia famiglia. Ma non feci nulla per trattenerla, la lasciai andare senza che ci fossimo chiarite.

Aspettai sveglia i miei genitori. Avrei voluto affrontarli, dire loro che ero abbastanza adulta da capire che mi nascondevano qualcosa. I segreti li abbiamo tutti e questo non ci rende meno genitori né figli, ma quello che non ci dicevamo avrebbe finito inevitabilmente con l'allontanarci.

Tornarono a notte fonda, quasi avessero orchestrato di evitarmi. Ero sotto le coperte quando sentii il rumore del chiavistello e il loro vociare sommesso al piano di sotto. Prima di andare a letto vennero a controllare che dormissi schiudendo la porta, io tenni gli occhi serrati nonostante la luce del corridoio mi colpisse il viso. Era una premura a cui non ero nuova, ma quella volta mi intenerì: dopo aver trascorso la serata a covare astio nei loro confronti per essersi frapposti fra me e Marina, quel gesto tornò a farmeli sembrare umani. Ascoltai le loro voci da vicine diventare lontane, quindi sgattaiolai fuori dal letto e andai a spiarli. Mamma si era appena seduta sul divano e papà le stava togliendo le scarpe. "Come stai?" le chiese.

Mamma appariva così fragile nella penombra della stanza, e i suoi piedi, fra le mani di mio padre, sembravano minuscoli. Ma era tutta piccola, sembrava una bambina stanca. La cosa mi impaurì. C'è un'età in cui vogliamo credere che i nostri genitori siano invincibili, che non abbiano fragilità. All'improvviso, su quel divano, mamma mi sembrò indifesa, transitoria.

In risposta alla domanda di papà aveva solo scosso la testa, senza emettere un suono aveva portato le mani alle tempie e iniziato a massaggiarsele.

"Sai che non sarebbe cambiato niente. Sarebbe andata così comunque," aveva detto lui, che nel frattempo le si era seduto accanto.

Mamma gli si accoccolò vicino, rannicchiò le gambe sotto di sé. Papà appoggiò la testa sulla sua.

In poco tempo si addormentarono entrambi.

C'è un tempo per la rabbia e uno per il silenzio, è qualcosa di cui ci si rende conto quando si cresce.

Quella notte, il mio astio adolescenziale divenne all'improvviso pudico, muto.

28.

La processione della Marunnuzza quell'anno, e soltanto quello, si tenne il sedici marzo. Fu il sedici perché quando il mare s'era calmato abbastanza da consentire la sfilata in barca fino all'altra isola si era ormai troppo a ridosso della primavera, e il comitato organizzatore aveva decretato che i festeggiamenti si sarebbero dovuti svolgere prima del ventun marzo e prima di San Giuseppe che da tradizione la annunciava, che di santo sfasato ne bastava uno e, avessero dovuto contrariare anche quello, gli anziani non avrebbero retto.

Fu un'occasione straordinaria perché la Marunnuzza, che in genere segnava la fine dell'estate, si ritrovò invece a segnare la fine dell'inverno e una Madonna d'inverno dopo allora l'isola non la ebbe più.

Ci andai da sola. Dopo la discussione del giorno precedente, di andarci con Marina non se ne parlava, e nemmeno con i miei genitori, che nonostante la tenerezza nei loro confronti ritenevo responsabili quanto me di quel litigio. Avevo scartato anche l'ipotesi di unirmi al gruppo della classe: professoressa e prete avevano imposto a tutti di indossare camicia celeste e pantaloni neri e volevo risparmiarmi la vergogna di ammettere che non ne avevo o di essere costretta a pescare nell'armadio di mio padre.

Così, quella mattina uscii comunque in orario per andare a scuola, con la colazione ancora in bocca e mi diressi verso il cimitero. Non mi affannai per arrivare prima che tutti arrivassero a messa e scelsi il tragitto più lungo, lo stesso della prima volta che avevo visto Marina. Il paesaggio era cambiato e le pale di fico d'India in quel periodo erano nude e arcigne, senza l'ombra di fiori, nonostante i terreni fossero invece pieni di tarassaco, il cui polline mi strusciava sui pantaloni quando ci passavo in mezzo. La messa sarebbe iniziata soltanto alle dieci e sarebbe durata un paio d'ore, seguita dalla processione che avrebbe portato la Marunnuzza in giro per l'isola per l'intero pomeriggio.

Una volta arrivata, costeggiai il muro di cinta e mi nascosi dietro il cancello che dava su Cala San Nicola, quella di Marina e il delfino. Non avevo voglia di farmi vedere, ma volevo poterla prendere da parte per cercare un chiarimento, un litigio, o qualunque altra cosa fosse in grado di strapparmi dall'abisso di disperazione in cui ero caduta. Sapevo che sarebbe stata con la classe perché il Pendolo aveva convocato Lia per comunicarle che, se la figlia non avesse smesso di assentarsi, sarebbe stato costretto a farle ripetere l'anno. Marina aveva capito che non era il caso che sua madre scoprisse altro di ciò che le nascondeva e aveva accettato senza opporsi di vestire i panni della scolara solerte. Quindi sapevo con certezza di trovarla lì.

Il punto di partenza della processione era proprio la chiesetta del cimitero, quella dove qualcuno diceva che a un certo punto la Marunnuzza fosse spuntata.

Lo trovavo divertente, perché in genere il cimitero era punto di arrivo e non di partenza dei cortei e la Marunnuzza era l'unica a compiere quella strada a ritroso, per di più partendo da una chiesa sotterranea in cui di rado ero entrata perché mi faceva paura, ma della quale mi erano rimaste impresse le pareti grezze, quasi ruvide, e un puzzo di umidità che non si poteva chiamare puzzo perché, trattandosi di una chiesa, sarebbe stato offensivo.

Arrivata la mezza, affacciandomi appena – abbastanza da restare in bilico sugli scogli ma non tanto da farmi vedere dai miei compaesani appesa alla grata del cancello – scorsi i primi movimenti all'altezza del corrimano in pietra che segnava l'uscita della chiesa e a udire la banda. Conoscevo a memoria i canti che accompagnavano la vara, non perché li ascoltassi abitualmente, ma perché sull'isola le processioni erano così frequenti che erano diventati parte della colonna sonora della mia infanzia.

Per primi vidi risalire Mimì e Nunzio: mi parve di sentire l'odore di naftalina dei loro abiti scuri. Un cavatore e un pescatore a precedere una Madonna simbolo di un'isola fatta di terra e mare in egual misura, per accompagnarla nel percorso da una chiesa sotterranea all'acqua. Subito dopo venivano i portantini con la Marunnuzza. Era stata ingioiellata per l'occasione, appannando un po' il suo splendore rustico. Un lungo rosario di perle le pendeva dal collo, e sopra quello un altro, e un altro ancora, che in bellezza non eguagliavano i bagliori del primo. Quando camminavano il rosario oscillava, scandendo il ritmo della processione e accordandosi al moto del turibolo agitato dal chierichetto che la precedeva.

Seguivano i piccoli, con le tuniche della comunione e le corone di fiori raccolti nel pomeriggio con Aldo. Poi lui, Aldo. E al centro della fiumana neroceleste dei miei compagni di scuola, Marina, che emergeva anche se vestita uguale agli altri nella folla, più della Marunnuzza, più del clangore della banda. Vederla anche solo per quell'attimo mi rasserenò, come se esistesse ancora qualcosa nel mondo su cui contare. Perché su un'isola, chiunque tu stia cercando, a un certo punto lo trovi. La vidi e subito scomparve, risucchiata dal flusso. Attesi che anche l'ultimo degli isolani fosse svanito dalla mia visuale, quindi ricominciai a camminare, stavolta prendendo dalla spiaggia.

Era una solitudine strana quella che provavo. Guardare gli altri senza essere fra loro mi rendeva triste. Avevo visto Nello con Giulia. E mamma e papà. E poi Lia, con gli sguardi degli isolani puntati addosso, vesti nere e portamento da regina. Nessuno di loro sembrava curarsi di dove fossi io. Neppure Marina, ne ero certa. Proprio per quel senso di solitudine che mi aveva investita avevo deciso di andare via, di cercare un altro momento per parlarle. Una parte di me aveva sperato che, grazie a una qualche legge dell'attrazione, una volta che lei fosse uscita dalla messa avremmo incrociato gli sguardi, e che sarebbe bastato per farle capire che mi dispiaceva per la discussione del giorno prima. Ma così non era stato. E subito dopo essere apparsa, lei era tornata a essere un puntino fra gli altri. Irraggiungibile.

Quando mi rimisi in cammino, seguii un viottolo nascosto che attraversava due campi bordati da fichi d'India e agavi, portate lì chissà quando dagli arabi per delimitare i loro poderi. Proprio lì in mezzo m'imbattei in una figura raggomitolata e tremante.

Vedendomi passare si ricompose e si rimise in piedi asciugandosi le lacrime con la manica della camicia azzurra. "Che ci fai qui?" Era Anna.

La guardai un po' intenerita, un po' sospettosa. La frangia arruffata scopriva appena i suoi occhi liquidi.

"No, che ci fai *tu* qui. Ma soprattutto: che succede?"

Riscoppiò a piangere. "Nello e Giulia si sono messi insieme."

"Non era quello che volevi?"

"Credevo di sì."

"E adesso?"

Scosse la testa. "Adesso sono rimasta sola. Stamattina sono andata a cercare Giulia per andare a scuola, come sempre. Ma era già passato lui. Anche ieri, mi hanno detto che vorrebbero stare per i fatti loro, senza di me..."

Sospirai. C'era qualcosa, nei suoi problemi, che mi ricordava i miei. Forse la solitudine.

"Non so stare senza di lei," continuò. "Non so cosa significhi. Quando la vedo con lui mi sento come se mi stesse derubando di qualcosa, del tempo che normalmente avremmo passato insieme. Ed è come se lei potesse rendersi conto da un momento all'altro che sono una brutta persona... O forse si è allontanata perché lo sa già."

"Non dire così..."

Smise di piangere e risollevò il capo che aveva tenuto nascosto fra le braccia incrociate. Potevo vedere i lacrimoni che scendevano e capitombolavano oltre il mento. Mi scrutò con intensità.

"Mia, quel giorno, con Totò... In realtà io sono salita prima di lui e con la mano ho sentito traballare quella guglia. Ma ero presa dalla foga: ero arrivata in cima! Quando sono scesa, non ci ho pensato ad avvertirlo, mi sono girata e lui era già quasi su!" Fissai i suoi occhi grandi, le pupille che si allargavano.

"Non capisci?" mi incalzò. "Lui è morto per colpa mia e lei lo sa!"

Vidi il dolore per il distacco di Giulia ammantarle il cuore come una patina marcescente. E decisi che mai al mondo avrei permesso che la stessa cosa accadesse a me con Marina.

"Ne hai parlato con lei?" chiesi.

"No."

"Perché?"

Mi guardò. "E se poi scopro che è vero?" disse in un sussurro.

La abbracciai. La sua paura adesso era una serpe che la rimestava sottopelle.

"Eri una bambina. Non è stata colpa tua. Non potevi saperlo," dissi.

Era una bambina, ma il senso di colpa sarebbe rimasto, più longevo dei sopravvissuti, ad accompagnarla nella notte.

"Non pensi che sono una brutta persona?"

Risi. "Brutta no. Forse gelosa e un po' stronza sì," risposi sincera.

Lei sgranò gli occhi. "Che vuoi dire?"

"Marina," dissi.

Lei annuì. "C'è una cosa che dobbiamo fare, allora."

Si rimise in piedi e mi trascinò con sé.

29.

La processione era un serpente che si snodava attraverso le vie dell'isola per una giornata intera, facendo riemergere dagli anfratti delle case e da dietro gli scuri coloro che durante il resto dell'anno non si mostravano mai, così che si finiva col chiedersi quanti abitanti contasse davvero l'isola.

Io e Anna la seguimmo tenendoci nascoste.

"C'è una cosa che devi sapere del diario di Marina," mi disse. "Non siamo state io e Giulia a prenderlo. È stato Nello."

Rimasi a bocca aperta. "E perché?"

"Ha detto che se lo meritava, perché ci aveva rubato te. Anzi, più che altro ti aveva rubato a lui."

"Io non sono di nessuno e decido da sola con chi stare," dissi.

Rispose con una smorfia. "Prima sembrava non importarti."

"Forse sono cambiata."

"Ma hai sempre bisogno di qualcuno. Non sei rimasta da sola..."

Le lanciai un'occhiataccia. "Non c'entra niente."

"Certo che c'entra. C'entra il fatto che era proprio lei. Quel giorno, ci fosse stata chiunque altra seduta in quel banco, non ti sarebbe importato. Ma è lei. E allora cambia tutto. Come per me con Giulia."

"Che vuoi dire?"

"Che non la cambierei con nessun'altra. Lei sa com'era quando non avevamo nessuno."

Stavolta la smorfia fu mia. "Lei però ti ha sostituita con qualcuno. Con Nello."

Il paragone non le piacque. "È il suo ragazzo. È diverso. Non è come essere amiche. Essere amiche vince su tutto. Tu ce l'hai mai avuto un ragazzo?"

Pensai ai tuffi e al colore della luce che cambiava. Scossi la testa. "No."

"Neanch'io."

"E allora che ne sai di che differenza c'è?"

Alzò le spalle. Di colpo smise di stare alle calcagna della folla e svoltò, si infilò nel giardino di Palazzo Florio, quello in cui avevo visto lei e Giulia giocare con Totò.

"Ma che fai?" chiesi, mentre arrancavo per starle dietro.

Si guardò intorno rapida. "Di qua!" E mi guidò verso un cancelletto che si apriva nel muro, nascosto da alcune palme nane. Armeggiò con un lucchetto incrostato di ruggine e ci ritrovammo in un corridoio all'interno dei sotterranei del palazzo, con soffitti ad arco e pareti di mattoncini rossi, fiocamente illuminato da una fonte che non riuscivo a individuare in lontananza.

"Dove mi stai portando?"

"Da qui si arriva proprio sotto il palco," disse come se fosse ovvio. "Nello non ha strappato tutte le pagine del taccuino di Marina. Alcune le ha tenute. Vuole leggerle sul palco, come se le avesse scritte lui. Per umiliarla."

Mi si annebbiò la vista. Anna mi si avvicinò, mi scosse per il braccio: "Mia, dobbiamo fermarlo!".

"Come posso essere sicura che dici la verità?" domandai.

"Puoi solo fidarti. E devi farlo per lei."

"E tu che ci guadagni?"

"Ci guadagno che inizio ad aggiustare le cose. E forse anche Giulia capirà che sta sbagliando."

Ci pensai su. "Va bene. Qual è il piano?"

Il palco era stato allestito nel piazzale dietro Palazzo Florio, quello che dava direttamente sul porticciolo. Dal punto in cui eravamo, secondo Anna saremmo potute sgattaiolare di sotto senza essere viste e avremmo potuto bloccare Nello prima che salisse sul palco. Lo spettacolo si apriva con una recita dei bambini delle elementari a cui sarebbe seguito il canto di Amalia. Infine, le letture dei nostri compagni di classe e la messa in barca della Marunnuzza.

"Vedi, il turno della nostra classe è alle cinque," disse Anna. "Prima stanno in quel capanno, a fare le prove." Indicò una struttura attaccata al retro del palco. "Non possiamo farci vedere perché il Pendolo e i nostri genitori ci farebbero il culo. Abbiamo solo un momento per rubare il taccuino a Nello. Quando quelli delle elementari scendono dal palco, mentre la Marunnuzza si avvicina al porto per salire sul peschereccio, la nostra classe sale per leggere. A quel punto scattiamo noi."

"E che facciamo?"

"Non lo so. Non puoi dirlo a Marina?"

Feci una smorfia. "Abbiamo litigato."

"Non potevi dirmelo prima?"

"Che ti importa degli affari miei?"

"Certo che mi importa, perché pensi che siamo qui sennò?"

Avevo il battito accelerato e nessuna intenzione di andare da Marina e dimostrare che ancora una volta ne sapevo più di lei, facendola sentire un burattino del destino.

"Dillo a Giulia di fermarlo. Non lo sa cosa vuole fare Nello?" domandai allora ad Anna.

"Sì che lo sa. È anche per quello che litigavamo ieri, a scuola. Io non ero d'accordo. Giulia adesso fa tutto quello che le dice lui."

"Va bene, va bene. Un modo lo troveremo, intanto andiamo, è ora."

Uscimmo da una porticina chiusa con un'inferriata che avevo spesso guardato con timore nei pomeriggi in cui giocavo lì da piccola, credendo che portasse a un sotterraneo pieno di fantasmi, fra cui quello di una cameriera che raccontavano fosse stata sgozzata e che immaginavo vagare insozzando di sangue i pavimenti senza più né pace né respiro.

Di corsa, così come eravamo entrate, ci fiondammo nella struttura sotto il palco, fra travi di legno e ferro.

"Ok, e adesso?" domandò stavolta Anna a me, rifiatando.

"Aspettiamo che escano dal capanno e ci dividiamo. Tu vai da Nello e provi a toglierlgli il taccuino. Io vado da Marina per avvertirla."

Era tardo pomeriggio e le luminarie non erano ancora accese, ma la luce del sole che iniziava ad arrossarsi creava dei bagliori che si riflettevano sull'acqua del porticciolo intersecandosi agli sprazzi di colore delle gerbere, delle rose, e di tutti gli altri fiori che i nostri compagni di classe avevano gettato in mare prima di entrare nel capanno. Sbirciando dal lato del palco in cui mi trovavo, vedevo la folla dividersi in tre parti: una che accompagnava la Marunnuzza e anche quando i portantini si fermavano per riposare braccia e spalle sembrava non avere requie, spostando il peso da un piede all'altro come se il terreno scottasse; un'altra statica, composta da genitori e nonni, che davanti al palco attendevano il succedersi di figli e nipoti; l'ultima compagine stava di fronte al molo e si preparava ad aiutare la Marunnuzza nella discesa verso il *Nausicaa*, che l'avrebbe accompagnata sull'isola a ovest.

Fu Anna la prima ad andarsene. Mentre Amalia intonava il suo canto, i nostri compagni uscirono in fila indiana per dirigersi verso la scalinata del palco. La voce della maara li accompagnava, cantando la nenia che tutti noi conoscevamo:

Marunnuzza ruci ruci
chianci u figghiu 'nta la cruci
chianci lacrimi salati
chianci sempri, unn'avi paci...

Anna si avvicinò a Nello da sotto il palco, cercando di tirarlo a sé. Giulia la vide per prima, la bloccò. Presero a litigare, a bassa voce. Lui non si accorse di nulla. Salì la scalinata e si ritrovò davanti al pubblico, al microfono, ignaro.

Sunnu tempi di tempesta
senza fede 'nta la testa
cu lu cori chinu di duluri
m'addumannu unn'è l'amuri.

Fu un attimo. Decisi di uscire allo scoperto, mescolarmi agli altri, tirare Marina a me.

"Che vuoi?" mi disse. Era ancora arrabbiata.

"Nello ha il tuo taccuino, lo ha sempre avuto lui!" le dissi concitata. "Vuole leggerlo adesso, davanti a tutti."

Non ebbe tempo di sorprendersi né di pensare ad altro. Corse verso il palco, proprio mentre Amalia scendeva. Si diresse verso Nello nell'istante in cui sfilava il taccuino dalla tasca, lo strattonò per un braccio e gli assestò un pugno in piena faccia. "Dovete lasciarmi stare!" urlò.

Ci furono confusione e malintesi. Insegnanti e compagni si gettarono sulla scena per separare i due, che rotolando erano arrivati quasi al bordo del palco. Sotto, Anna e Giulia continuavano a darsele. La folla davanti al palco sembrava sbandata. Il prete ordinò ai portantini di fermarsi. Lia intanto provava ad attraversare la calca per raggiungere la figlia e capire cosa stesse succedendo.

Fu un attimo, e negli anni successivi ognuno la raccontò a modo suo.

Quello su cui concordarono tutti, però, almeno all'inizio, fu che Lia, nel precipitarsi verso Marina, spinse senza accorgersene uno dei portantini, che di colpo dovette decidere tra salvare le proprie gambe, che rischiavano di restare schiacciate dal peso non della fede ma da quello di colei che quella fede rappresentava, e salvare la statua della Marunnuzza.

Scelse le gambe.

Perso l'equilibrio, si gettò di lato. La statua, di colpo sbilanciata, fece la stessa fine. Scivolò dal supporto e si andò a schiantare contro il molo spezzandosi in due. Una metà cadde a terra, l'altra scivolò in mare.

E in mezzo a quella baraonda, si levò la voce dei paesani più anziani: "Quella è Lia, è Lia Amato! È colpa sua!".

30.

Subito dopo la caduta della Marunnuzza molti si disperarono e alcuni si buttarono nelle acque del porticciolo, che seppur poco profonde sembravano avere inghiottito all'istante la parte superiore della statua, in un groviglio di alghe e detriti. C'erano il figlio di mastro Nicola, il ferramenta; Checco il panettiere; Luigi lo scarparo e altri e altri ancora, che nella foga di gettarsi in acqua per recuperare la Marunnuzza si erano tolti soltanto le scarpe e adesso faticavano a stare a galla, trascinati verso il fondo dai vestiti zuppi. Tutto ciò che vedevamo noi da sopra erano una mano, un piede, una testa che riemergeva di tanto in tanto per prendere una boccata d'aria, ansimando così forte che se qualcuno avesse gridato non l'avremmo capito, perché si sarebbe confuso tra il rumore dei loro respiri e quello degli scrosci.

C'era poi la folla sulla battigia che provava a raccapezzarsi: guardavano il moncone della statua pianto dal parroco e ascoltavano i vecchi profetizzare nuove calamità, additando Lia come erede di una sciagura che la sua famiglia si portava dietro da generazioni e che era tornata a tormentare l'isola. E lei, aggrappata alla sua dignità, lei che non si era mai concessa di lamentarsi di neanche uno dei dolori che aveva sopportato, lei che non sapeva se cercare di spiegare che la rottura di una statua non significava nulla, che il giorno dopo il sole sarebbe sorto comunque e tutti avrebbero continuato nel loro gioco di pettegolezzi e maldicenze, perché quando le lingue corrono più veloci dei fatti quello che si racconta rischia di diventare realtà e segnare le vite della gente... Lei restò in silenzio. Non disse nulla, ma glielo si leggeva nello sguardo ciò che provava.

E mentre scendevano le prime gocce di pioggia, e soffiavano Ponente e Maestro, le si avvicinò mia madre. Lia la riconobbe. Si fece portare via, seguendola per una salita che sbucava in piazza. Arrivata in cima, mia madre si fermò, mi cercò con lo sguardo. Mi colpì la sicurezza con cui scandagliò la folla, certa di trovarmi. Quando mi vide, mi fissò con intensità. Indicò con il mento il palco su cui stava Marina, poi fece un cenno dietro di sé. *Porta via anche lei*, voleva dire.

Iniziò a piovere davvero. Sotto l'acquazzone la folla parve destarsi dall'intorpidimento misto a disperazione che l'aveva colpita, a poco a poco si disperse.

Finalmente riuscii a salire sul palco. Nello e Marina avevano smesso di picchiarsi. Stavano seduti da parte, a rifiatare. Ci raggiunsero Giulia e Anna. Ridevano salendo le scale attaccate al corrimano per non scivolare, le camicie sporche del fango in cui dovevano essersi rotolate. Poi, di colpo tacquero e si guardarono intorno, come se si stessero rendendo conto solo in quell'istante di ciò che era accaduto nel mondo intorno a loro.

Posai una mano sulla spalla di Marina. "Stai bene?" Lei annuì, incerta. Era rimasto poco della sua aria battagliera. Sembrava stanca, domata. Si tolse la mia mano dalla spalla con un gesto lento e rassegnato, gli occhi rivolti a terra. Non avrei saputo dire se il suo viso fosse bagnato di pioggia o di lacrime. Si mise dietro di me. Allora guardai Nello. Provavo per lui qualcosa di freddo che non riuscivo a decifrare, qualcosa che pungeva.

"Scusa," disse. Ma non capivo bene a chi. Adesso mettevo a fuoco meglio le mie sensazioni, erano molto vicine alla delusione. Aveva un sopracciglio spaccato. Il sangue che gli usciva dalla ferita si mescolava all'acqua piovana esacerbandone la gravità. Lo rimosse con il dorso della mano per evitare che gli inondasse l'occhio. "Scusa," ripeté, forse rendendosi conto della mia furia. Non seppi replicare. Mi voltai invece verso Anna. Anna che mi guardava. Anna che mi aveva aiutata.

"Grazie," sussurrai nella sua direzione.

Lei alzò le spalle, imbarazzata.

La capivo. Non doveva essere facile. "Noi ce ne andiamo," le dissi. "Ma se vuoi, domani alle otto possiamo andare a scuola insieme."

Al posto suo rispose Giulia: "La strada per andare a scuola la sa".

Ci scappò un sorriso, a me e ad Anna. "Lo so," risposi, "lei la strada la sa."

E, seguita da Marina, mi allontanai correndo.

31.

Casa mia era rischiarata dalla luce di un grande camino a parete che accendevamo di rado. Lo aveva fatto costruire nonna perché si usava nelle campagne della terraferma da cui proveniva, mentre era difficile trovarne di simili nelle isole. Aveva pensato che dalle nostre parti servissero più per asciugare che per scaldare e ci aveva azzeccato, dato che negli anni gli inverni erano diventati così umidi da dare la sensazione di vivere in un acquario ma senza l'aiuto di branchie, pinne e coda. A me il camino piaceva, lo associavo all'immagine di una famiglia felice, unita, che si ritrovava davanti alle fiamme per scaldarsi insieme nelle serate d'inverno. Una cosa che non mi era capitato di vedere spesso in casa nostra.

Mamma e Lia erano arrivate prima di noi e papà aveva acceso il fuoco proprio per asciugare gli indumenti zuppi di pioggia e cucinare. Non sembravano in imbarazzo, anzi, ridevano. Come se le parole che in tutti quegli anni non si erano dette fossero secondarie rispetto al piacere di rivedersi. Al contrario, mio padre un pizzico di disagio lo tradiva. Era lì che un po' armeggiava con le braci del camino, un po' tornava in cucina per aprire frigo e sportelli e trafficare con una tale quantità di utensili e stoviglie che sembrava dovesse cucinare per un esercito.

Loro parlavano sottovoce, sedute sul divano. Mamma annuiva, assorta. Ogni tanto toccava il polso di Lia, la mano, con una tranquillità a cui non ero abituata. Avevo di lei un'immagine fissa, granitica, di donna tutta d'un pezzo, poco incline alla tenerezza fisica, e vederla così mi sorprese.

Quando Marina e io entrammo nel salotto, ci vennero incontro tutte e due. Dovevamo fare un'impressione bruttissima, con i capelli appiccicati alla nuca e i vestiti zuppi di acqua e fango. Ci trascinammo davanti al camino rabbrividendo. Era come se sull'isola la primavera che si preannunciava avesse di colpo fatto marcia indietro, oscurata da un cielo plumbeo, carico di pioggia e di improvvise sferzate di vento.

"Marina!" fece Lia, e le mise le mani sul viso, tastandola per assicurarsi che tutto fosse a posto. "Scusami, non sono riuscita a raggiungerti. Ci ho provato, ma continuavano a trascinarmi via... Cos'è successo là fuori?" E la scrutava con intensità.

Marina le prese i polsi e li allontanò dal suo viso. "Cose da ragazzi," tagliò corto.

La guardai. Ero meravigliata che, ancora, preferisse tacere. Mia madre intanto era andata a prendere spazzole e asciugamani, speravo al suo ritorno di rivederle nello sguardo l'intesa di poco prima, quando si era fermata per cercarmi sulla salita. Non riuscii a incrociare i suoi occhi. Si mise dietro di me, iniziò a strofinarmi la testa con l'asciugamano. Bloccai quel gesto. Non mi andava di essere trattata da bambina.

"Lia," dissi in fretta, avvicinandomi alla mia amica. "Sono mesi che Marina viene presa di mira dai nostri compagni. Un po' perché è l'ultima arrivata, un po' per quello che si dice sulla vostra famiglia."

Tutti mi guardarono. Mamma posò la spazzola. Papà smise di preparare la carne sulla griglia del camino. Lia si irrigidì.

Marina si voltò verso di me con furia assassina, quasi urlando. "Dovevo dirlo io!"

“Cosa importa ormai? Lo sanno tutti! Devono smettere di fare finta di non sapere, e dire la verità!”

“Cos’è che si dice?” domandò allora Lia, quasi sottovoce. Sembrava che le ombre sul suo viso si fossero allungate. Di colpo mi sembrò più avanti negli anni, ma non vecchia. Una creatura segnata da un dolore senza tempo.

Fu Marina a risponderle: “Si dice... si dice che hai ammazzato il nonno. Io non ci credo, mamma. Non ci voglio credere. Ma poi penso a tutte le cose che mi tieni nascoste. Su papà, su questo posto... Perché non mi dici la verità? Io posso capirla, ho capito tante cose da quando siamo qui: su di me e sugli altri. Ma non su di te”. Il suo sguardo si incupì: “Mi hai portato qua, via da tutto, senza spiegarmi niente! Niente! Sai quante cose ho dovuto immaginare? Così tante che non mi fanno dormire la notte, mi giro e mi rigiro chiedendomi se invece tu, nell’altra stanza, riesci a dormire...”.

Lia si abbandonò contro lo schienale del divano. Le tremavano le mani. Le si avvicinò mia madre, la strinse a sé, come se avesse voluto passarle un po’ della sua forza.

“Lia...”

Lei riprese fiato. “Mi dispiace. Tante cose non le sai nemmeno tu,” le rispose.

“Lo so. Non sei mai stata brava a dire le cose. Ma io mi fido ancora di te.”

In quelle parole mi si rivelò mia madre. Dove si scivolava, lei forniva un appiglio, che se volevi, solo se volevi, potevi sfruttare. Perché l’avresti trovata lì. Sempre.

“Hai ragione.” Lia si ricompose e si rivolse a Marina, che nel frattempo era rimasta in piedi nella sua posa rigida, i pugni chiusi con le unghie affondate nei palmi, le lacrime agli occhi. “Vieni.” E le fece spazio sul divano accanto a sé. “Quattordici anni fa,” cominciò, “non sono andata via da qui. Sono scappata.”

Tutti tacemmo, pietrificati, nel timore che se avessimo mosso anche solo un muscolo avremmo perso un frammento di quello che stava per dire.

"Ho conosciuto Rocco quell'estate. Era qui per lavoro e dopo un anno sarebbe andato via. Ci siamo innamorati... Sembrava una di quelle cose smisurate, da romanzo, che avrebbero sconfitto lo spazio e il tempo. E io ve lo auguro," volse uno sguardo tenero a me e a Marina, "di vivere un amore come quello che credevo di avere trovato io, anche solo per un giorno. Di quelli che mettono il tuo mondo sottosopra. Ero così innamorata che Rocco mi assorbiva completamente, non trovavo tempo per nient'altro. A tua madre," disse guardando me, "non piaceva, lo sentiva che qualcosa sarebbe andato storto. Me lo disse, e mi fece incazzare. Era il nostro primo litigio da quando eravamo bambine. Non avevo capito che voleva proteggermi, credevo volesse solo mettersi di mezzo." Lo sguardo ora era puntato su mia madre. Fece un lungo respiro, come per aiutarsi a fare chiarezza dentro di sé.

Tornò a parlare, ma con sua figlia: "A quei tempi il nonno mi batteva un giorno sì e l'altro pure. Aveva iniziato più o meno quando avevo la tua età. Dovevo preoccuparmi della casa, del pudore. Io una madre non l'ho mai avuta, è morta quando sono nata. E lui voleva che io fossi figlia, moglie e madre. Ci sono cose di cui non so se riuscirò mai a parlarti. È giusto così. Come era giusto che non lo chiamassi più 'papà'. I padri sono altri. E io ho il suo sangue, ma spero di non avere la sua cattiveria. Quando rimasi incinta e se ne accorse, giurò di ammazzarmi. Avevo messo a rischio tutto: l'onore a cui tanto teneva – anche se ormai l'aveva perso –, e il suo rapporto con me, perché ormai c'era Rocco nella mia vita. E Rocco era uno straniero, uno che non aveva nulla a che fare con l'isola. Mi avrebbe portata via, il nonno ne era convinto. Fu una cosa improvvisa. Quando capii che dovevo scappare, venni subito a chiedere aiuto a Teresa".

Mio padre nel frattempo si era seduto accanto a mamma e la teneva stretta come non l'avevo mai visto fare prima. Lei si inserì nel racconto di Lia: "Sei venuta qui a chiedermi di aiutarti a scappare e tutto quello che ho saputo dirti è stato che non te ne dovevi andare, che dovevi risolvere le cose nella tua terra. Perché se non fossi stata libera sull'isola, non lo saresti stata da nessuna parte. Mi sbagliavo". Si allungò a stringerle la mano in un gesto pieno di affetto. "Sapevo solo che eri incinta e forse a modo mio volevo proteggerti, o forse ti volevo con me e basta, visto che incinta lo ero anch'io. Sono stata egoista. Avevo paura di essere lasciata da sola, di perdere la mia amica. Ma alla fine te ne sei andata comunque, senza dirmi nulla perché non te ne avevo dato l'opportunità."

"Quando abbiamo saputo che tu e Rocco eravate scomparsi, siamo come impazziti," continuò mio padre. "Eravamo convinti che vi fosse successo qualcosa. Abbiamo chiesto ovunque, poi abbiamo deciso di andare alle Ville dei Mori a cercarti. Chiamavamo e gridavamo, ma non rispondeva nessuno, e di Tonino nemmeno l'ombra. Finché abbiamo deciso di entrare. Ho forzato uno dei cancelli e poi la porta. E, una volta dentro, abbiamo trovato tuo padre steso a terra, in soggiorno. Doveva avere avuto un infarto o qualcosa del genere. Si vedeva che era lì già da un po'. Era rigido. Ci siamo spaventati. Siamo scappati e non ne abbiamo mai più parlato. Ma ogni tanto ci guardavamo, io e Teresa, e ci leggevamo a vicenda il dubbio negli occhi."

"Che dubbio?" domandai.

Papà mi guardò, non l'avevo mai visto così stanco. Più stanco di quando tornava dai campi, più stanco di quando aveva seppellito sua madre. "Il dubbio che, se avessimo avuto il coraggio di toccarlo, di chiamare qualcuno, magari si sarebbe potuto fare qualcosa."

"La verità è che in quel momento non ci interessava," intervenne mia madre. "Ci bastava sapere che Lia lì non c'era." Si volse verso l'amica: "Qualche tempo dopo, Amalia venne a dirci che era stata lei ad aiutarti a scappare. Parlammo anche di Tonino. Lei disse con fare enigmatico che forse era stata l'isola a prenderselo, per punirlo delle sue malefatte. A quel punto, però, non importava. Eravamo felici di credere che, qualunque scelta avessi fatto, da quel momento in poi saresti stata meglio che sull'isola".

"Così è stato per un po' di tempo," replicò Lia. "Mi mancavate, ma lontano da mio padre stavo bene. Quando ho saputo che era morto tu eri già nata. Ho pianto, più di disperazione che di dolore per la perdita. Perché dentro di me pensavo che se l'era meritato. Non me ne vergogno. Non ebbi il minimo dubbio sul tornare o meno per il funerale. Se mai fossi tornata, l'avrei fatto per me e soltanto per me. Come poi è stato."

Il viso di Marina era solcato di lacrime, ma la sua espressione era scura e tradiva rabbia.

"Poi cos'è successo?" chiese mia madre.

"È successo che avevi ragione tu," rispose Lia con la voce un po' spezzata. "Rocco non era tanto diverso da mio padre. Si assomigliavano più di quanto credessi. Mi ha tradita. Più di una volta, negli anni. Mi diceva che ero pazza, che immaginavo tutto. E un giorno mi ha preso per il collo e ha iniziato a stringere forte," disse con un tono diverso, una consapevolezza liberatoria, mentre puntava gli occhi sulla figlia. "Mi sono resa conto che me ne sarei dovuta andare di nuovo: l'unico posto in cui trovare un tetto era qui. E dovevo portarti con me." Esitò, poi concluse: "Adesso sai tutta la verità".

32.

Dopo quella conversazione fu Marina a sparire, seguendo la tradizione inaugurata da sua madre. Lia attese un giorno per venire a bussare alla nostra porta. "Volevo darle spazio," disse, "credevo fosse con te." Io sapevo benissimo dove andare a cercarla. Presi la bici e corsi alle Ville dei Mori. L'isola era devastata dal maltempo: la strada accanto alla galleria in costruzione era piena di massi caduti, l'acqua scendeva dal versante della collina, trascinando con sé piante sradicate e detriti. Non appena la superai, il cappuccio del mio impermeabile venne tirato giù da Ponente e Maestro, visto che, se in paese erano schermati dal monte, a ovest imperversavano, facendomi lacrimare. Mentre sentivo le ruote della bici scivolare sullo sterrato e faticavo per tenere dritto il manubrio, mi pentii di non aver chiesto aiuto a nessuno, di essere corsa via e basta. Ma volevo proteggere almeno quel nostro ultimo segreto. Parlarle da sola, risolvere le cose.

Quando arrivai alla villa abbandonata, mi accorsi subito che qualcosa non andava. I gabbiani che di solito se ne stavano tranquilli sulla porzione di tetto crollata, quel giorno volavano in cerchio, come a segnalare una preda. Allo stesso tempo però, non potevo non pensare che il volo in tondo dei gabbiani significasse anche qualcos'altro. Quando li si vede fare così in mare, è bene accertarsi che nei dintorni non ci siano squali, tonni o banchi di barracuda, predatori che i gabbiani seguono per fare razzia dei resti delle loro vittime, come avvoltoi. Uccelli della morte dal piumaggio bianco e ingannevole, senza morale. Ma la morale è cosa da esseri umani, la natura conosce solo la sopravvivenza.

Affrettai il passo, nonostante il fango e le unghiate delle piante cresciute impetuose in quell'avvisaglia di falsa primavera. Superato il passaggio che io e Marina avevamo creato, fui dentro la casa. Tutto sembrava immobile e uguale a sempre, ma la pioggia entrava gocciolando da ogni intercapedine. Andai oltre la cucina, il corridoio, fino alla vecchia veranda dove c'era l'ingresso della cava. Lì sentii un lamento flebile. Mi avvicinai alla botola sfondata e vidi che, a causa della pioggia, una porzione della parete, quella con gli appigli per le mani scavati chissà quanti anni prima, era crollata.

"Marina!" gridai.

In risposta mi arrivò un suono sommesso, dapprima poco chiaro, poi più definito.

"Mia!" sentii da sotto. E vidi lampeggiare la luce della torcia che doveva avere con sé, tra le fessure delle macerie. "Sono qui!" la sentii ancora, stavolta più forte. Provai a infilarmi nell'ingresso, ma i miei piedi scivolarono. Il tentativo maldestro provocò un'altra cascata di detriti, che sentii impattare al di sotto, alla stessa distanza da cui proveniva la voce di Marina. Rimasi quasi sospesa, attaccata alla parete con le mani e con la punta di un piede sull'estremità di una roccia in fondo. Respirai. Mi diedi una spinta, scalciando con l'altro piede sulla parete per risalire. Mi ritrovai carponi di sopra, sul pavimento.

"Cos'è successo?" gridai alla fessura.

"Sono caduta... La gamba..."

"Cosa?" gridai.

"L'acqua... Il gabbiano non può più stare qui..."

Capii che stava male e andai nel panico. “Vado a cercare aiuto. Ma torno subito, te lo prometto. Hai capito? Mi hai sentito?” urlai, più a me che a lei. Tremavo. Ero paralizzata dalla paura. Ma immaginarla di sotto, magari mezza sepolta dai massi, con la gamba spezzata, mi procurò una scarica di adrenalina. Iniziai a pensare rapidamente, mettendo da parte le emozioni: c’era da trovare una soluzione e potevo farlo solo io. Uscii di corsa, incurante del rombo dei tuoni e delle pozzanghere. Dimenticai anche di prendere la bici, che lasciai abbandonata contro il solito muretto. Arrivai a casa di Aldo con il fiato che mi accoltellava i polmoni a ogni respiro. Bussai alla porta senza sosta.

“Aldo, Aldo!” gridai fino a quando le luci non si accesero e sentii il rumore del chiavistello. Mi fiondai addosso a lui.

“Marina... la casa di Tonino... è bloccata sotto, nella cava!”

“Calmati!” E mi scrollò per farmi riprendere.

“Chiama aiuto! Io devo tornare da lei, è là sotto con una gamba rotta!”

Impiegò mezzo secondo per mettere insieme i pezzi, poi mi fissò risoluto: “Va bene,” disse, “ma ripetimi esattamente come ci si arriva”.

Tornai da Marina con il timore di non sentire più la sua voce.

“Sono qui!” gridai di nuovo attraverso la fessura nella roccia. Ero zuppa d’acqua e fango come il giorno prima, battevo i denti.

“Sei tornata...” Un sussurro attutito che lasciava trasparire un filo di stupore.

Provai a infilarmi il più possibile nella fessura per avvicinarmi alla fonte del suono. “Certo che sono tornata,” dissi. “Non ti lascio sola.”

La sentii scoppiare in lacrime e allo stesso tempo udii il

garrito del gabbiano. Sembrava frignasse anche lui. Non avevo mai sentito piangere un volatile.

"Scusami!" disse lei alzando il tono di voce. "Ero solo gelosa. Pensavo che preferissi Aldo a me."

"Non dire scemenze," sbottai. "Non ci devi nemmeno pensare."

"Sì che ci penso. Ero sicura che mi avresti abbandonata anche tu, come tutti gli altri, e allora era meglio che fossi io ad allontanarti da me."

Mi si strinse il cuore al pensiero che, sotto terra, con una gamba rotta, la sua paura più grande restasse quella di ritrovarsi da sola.

"Non succederà. Sono qui con te ora. Sarò con te sempre. Siamo amiche!" risposi con quanto più fiato avevo in gola perché sentisse bene.

"Dici sul serio?"

"Ci siamo scelte, non ricordi?"

"Sì..."

Restammo in silenzio, con lo scrosciare dell'acqua e i massi che ci separavano. Sentii poi un tramestio, di sotto.

"Ahi! Fa male!" Forse stava tentando di raggiungere l'uscita, trascinando la gamba rotta. Non feci in tempo a dirle di stare ferma, di non muoversi, che sentii avvicinarsi un motore che conoscevo bene.

"Stanno arrivando!" dissi, e balzai in piedi per correre fuori.

Vidi i fari della motoape di papà, lui alla guida, mamma accanto. Il cassone, dove di solito venivano stipati verdure e ortaggi, straripava di funi, e sopra le funi stavano seduti Mimì e Nello, con gli impermeabili di tela gommata gialla. Vidi anche i fanali di altre auto. Dalla prima scesero Lia, lo zù Nunzio e Aldo, che mi corse incontro.

"Sono andato in paese per chiedere aiuto e sono voluti venire tutti," disse.

Lo abbracciai, mentre con la coda dell'occhio vedevo accorrere anche alcuni isolani che avevano montato le luminarie, e altri che si erano gettati in mare per cercare la Marunnuzza.

Papà, Nello e Nunzio si buttarono le funi in spalla. Mimì venne verso di me, appoggiandosi al bastone.

"In questo cazzo di paese non esistono pompieri in tempo di pace, figurati col maltempo, che per noi è lo stesso che stare in guerra... Dobbiamo fare da soli. Unn'è a picciridda?" domandò.

Mi veniva da piangere.

"Di qua!" dissi. E feci strada a tutti. Li vidi sgranare gli occhi davanti al passaggio che io e Marina avevamo creato e vidi Lia rabbrividire. Arrivate alla veranda, quando indicai la botola, ci si precipitò.

"Marina!" urlò. "Sono mamma, siamo qua!"

Poi, rivolta verso di noi: "Lo sapevo che dovevo buttarla giù, questa casa maledetta". Mamma la prese sottobraccio e la condusse via per farla sedere.

Mentre gli altri la illuminavano con le torce, Mimì si sporse dall'apertura.

"È un bel guaio," disse, a nessuno in particolare. Guardò me. "Tu ci sei stata lì sotto, no? Com'è fatto?"

"Sì, sì. C'è un pozzo che in realtà è un passaggio. E dopo ci sono delle camere dai soffitti alti, tanto alti, con delle vasche d'acqua."

Il vecchio cavatore annuì. "Picciridda, mi senti?" si mise a gridare nel pozzo. "Devi allontanarti più che puoi dall'uscita!"

"Ho capito," disse Marina di rimando. La sentimmo strepitare e lamentarsi, fino a quando la sua voce non si perse. A quel punto Mimì tornò a rivolgersi a noi.

"Dobbiamo allargare i massi e creare un varco. Se siamo fortunati, riusciamo a farli rotolare fino a dentro la camera e a liberare l'ingresso. Serve uno di noi che si cali."

"Vado io," disse allora papà. E si svestì per essere più libero nella discesa. Gli si avvicinò Nunzio con le funi. Con un cenno d'intesa chiamò uno dei ragazzi che di solito lo aiutavano in barca e iniziarono a lavorare con i nodi per creare un'imbracatura, così che potesse scendere senza troppi rischi. Quando ebbero finito, si calò. Arrivato di sotto e spostato il primo masso, un'altra porzione del tunnel cedette. Gli uomini diedero uno strattone alle corde che reggevano l'imbracatura.

"Marina, tutto a posto?" lo sentimmo gridare.

"Sì," rispose lei. "Il crollo è stato più in là."

"Niente da fare!" disse a quel punto Mimì. "Dobbiamo levare altri massi." Si vedeva che, come Nunzio, smaniava perché l'età gli consentiva soltanto di stare lì a dare ordini, ma non di agire in prima persona.

"Vado anch'io," disse a quel punto Nello.

"Tu non vai da nessuna parte," gli rispose suo nonno, con un tono severo che non gli avevo mai sentito.

"Sì che vado," disse Nello. "È pure colpa mia se è finita lì sotto."

Il nonno non protestò. Doveva aver pensato di avere anche lui una quota di responsabilità, per quel pomeriggio in cui con Nunzio non aveva saputo tenere la lingua a freno. Fece cenno a Nunzio e agli altri di mettere l'imbracatura al nipote. Nello scese giù e iniziò ad aiutare mio padre. Procedettero legando i massi più grossi per far sì che chi stava sopra potesse tirarli su mandando giù quelli più piccoli per liberare il canale. Lavorarono finché l'apertura non fu abbastanza larga da consentire a Nello, il più piccolo fra i due, di infilarsi. Lo sentimmo parlottare con Marina, in fondo.

"Tira giù le ultime pietre!" gridò poi Mimì a Nello. Finalmente le vedemmo scorrere davanti ai nostri occhi, liberando il passaggio. A quel punto anche papà si infilò.

Sentimmo Marina lamentarsi di dolore.

"La gamba è rotta," urlò papà. Lia trasalì, mio padre continuò: "Serve qualcosa per tenerla ferma, prima di tirarla su".

Io e mia madre ci guardammo intorno, andando in giro per la casa. In cucina, dal cassetto della credenza, lei tirò fuori due mestoli un po' muffiti. "Non abbiamo di meglio," commentò tra sé. Io li presi e stavo già per correre via quando mia madre mi fermò afferrandomi per un braccio: "Mi piacerebbe che non ti vergognassi di chiedermi aiuto, in futuro."

La abbracciai.

Mandammo di sotto i mestoli insieme ad altre corde e a delle magliette, così che papà e Nello potessero steccare alla meno peggio la gamba di Marina prima di imbracarla. All'improvviso li sentimmo litigare.

"Il gabbiano. Non viene su senza il gabbiano," chiarì mio padre.

"Cosa?" fece Lia.

"È lì il gabbiano che volevate salvare?" domandò lo zù Nunzio.

"Sì," dissi, imbarazzata.

"Quella povera creatura!" esclamò il vecchio pescatore, dandosi una manata sulla fronte. Poi si mise a gridare nel tunnel: "Fate come dice lei! Portate su pure 'stu benedetto gabbiano!".

Nell'esaudire quel desiderio, mio padre e Nello dovettero prendersi almeno un paio di beccate, li sentimmo strepitare e ansimare. Alla fine, dissero di tirare. Il primo a emergere dal tunnel fu il pennuto, quindi Nello.

"Ce l'hai fatta, eh?" gli dissi.

Il suo sguardo divenne ancora più fiero. "Dopo questa, siamo pari."

Sorrisi.

Venne il turno di papà e Marina. Lui risaliva con lentezza, per assicurarsi che né lei né la gamba sbattessero contro la parete, causando altri danni. Tirammo tutti insieme, in uno sforzo millimetrico, dato che Marina, legata com'era, non poteva aiutarsi in nessun modo. Una volta sopra, fra le sue urla di dolore, la adagiammo con delicatezza sul pavimento. Lia si precipitò a tenerle la testa. Solo allora Marina, guardandosi intorno, si rese conto di quanti eravamo.

"Scusate," disse fra le lacrime.

E svenne.

33.

Portarono Marina sulla terraferma, in ospedale. A causa del maltempo dovemmo attendere diverse ore prima che un mezzo di soccorso riuscisse a raggiungere l'isola. Lei smaniava, si lamentava. In guardia medica non poterono fare molto oltre a constatare che bruciava di febbre e che la sua gamba destra era rotta, non avevano le apparecchiature necessarie per approfondire. I due infermieri le avevano medicato le escoriazioni superficiali e poi, proprio come noi, si erano messi in attesa. "Mi dispiace," aveva detto uno dei due, un giovane dai capelli fulvi poco più che ventenne, quando all'ennesima chiamata di sollecito all'ospedale non s'era ancora capito quando sarebbe arrivata la pilotina.

C'eravamo io, mamma, papà e Lia. Sarebbero voluti entrare anche gli altri, ma non c'era abbastanza spazio per tutti. La guardia medica era costituita da due stanzoni: un ambulatorio e una sala d'attesa. Era stata ricavata da alcuni locali della vecchia scuola elementare e, non fosse stato per la croce rossa sul cancello d'ingresso, avremmo potuto continuare a chiamarla "scuola", data la carenza di attrezzature. Questo era tutto, e dovevamo anche ringraziare. Quando si è abituati all'abbandono, ogni briciola sembra una pagnotta.

Mi ero seduta accanto alla finestra dell'ambulatorio. Non ce la facevo più a vedere Marina in quello stato, mi si attorcigliavano le budella. Quando s'erano resi conto che ero ancora fradicia per la pioggia presa nel pomeriggio, mi avevano dato una bevanda calda e una coperta. Nella concitazione non mi ero accorta neanch'io di avere mani e piedi gelati, mi ero estraniata da me stessa al punto di non sentirmi. E fissavo le gocce di pioggia che scendevano sul vetro come lacrimoni, in una successione ipnotica.

Per un pezzo Lia aveva fatto avanti e indietro da una stanza all'altra, come se le bruciassero i piedi. Poi mamma aveva lasciato il suo posto accanto a papà, che si era appisolato, e le si era avvicinata per cercare di confortarla: "Ti capisco... non possiamo fare niente... arriveranno", la sentii sussurrare prima che sparissero oltre la porta che dava fuori. Facendo attenzione a non svegliare papà, mi districai dalla coperta e recuperai la giacca per seguirle.

Erano sedute sulla panca sotto il pergolato dov'era parcheggiata l'unica ambulanza. Mi davano le spalle e ne approfittai per affacciarmi fuori senza essere vista. Una boccata d'aria mi avrebbe fatto bene. Il vento che soffiava forte rendeva fievoli le loro parole. Se mi fossero state estranee e le avessi viste lì per la prima volta, le avrei riconosciute per quello che in realtà erano: due amiche che si ritrovavano dopo tanti anni e scoprivano di riuscire ancora a parlarsi con gli occhi.

Protrassero quel silenzio ancora un po', la tempesta che imperversava intorno a loro.

Poi fu Lia a parlare. "Per una madre è terribile rendersi conto di non essere riuscita a proteggere la propria figlia."

"Non dire sciocchezze," la redarguì mia madre, "certo che l'hai protetta. L'hai protetta prima ancora che nascesse."

Lia fissava il vuoto in silenzio. "Forse ho protetto più me che lei," disse dopo un po'.

"E anche se fosse? Ne avevi tutto il diritto. Sei donna prima di essere madre, non lo dimenticare."

Lia si voltò verso mamma. “E come amica invece? Come sono stata?”

“La migliore. L’unica. Finché lo sono stata io. Scusa ancora se non ti ho aiutata” fu la pronta risposta di mia madre.

Lia l’abbracciò. “Non ti ho ancora chiesto come stai tu.”

“Non importa, c’è da pensare a tua figlia ora.”

Lia scosse la testa. “No. Lo voglio sapere.”

“Stiamo bene, anche se... ultimamente facciamo tanta fatica,” ammise mia madre. “Mancano i soldi. Dovremo inventarci qualcosa. Abbiamo già chiesto un prestito.”

“Cos’è successo?”

Mia madre le spiegò che le cose sull’isola stavano cambiando. “La gente compra altrove.”

“E non potete andarvene?”

“Mia cognata l’ha fatto. Ma noi... noi no, non potremmo. C’è la casa... E Cesco non è cosa di stare da altre parti.” Scosse la testa. “Poi, adesso ci sei anche tu. No, proprio non potremmo.”

Lia si poggiò con i gomiti sulle ginocchia, pensosa.

“E tua figlia? Com’è tua figlia? L’ho vista con Marina... Somiglia a te quando avevi la sua età.”

“Lei... immagino sia come tutti i figli. Li metti al mondo e pensi che siano una parte di te, li lasci andare e scopri che sono altro da te. La guardo e mi dico che non avrei saputo immaginarla così. E mi affascina, ma mi fa anche paura.”

“È comprensibile.”

“Però, a volte, è come dici tu... Mi dicono che è nei guai e mi chiedo perché diavolo non lo sapevo o come avrei potuto capirlo prima ed essere una madre migliore.”

“E che risposta ti dai?”

“Che non poter controllare tutto fa parte dell’essere liberi. E dell’insegnare a esserlo.”

Tacquero di nuovo.

Poi mamma riprese: “Perché non sei venuta a trovarmi una

volta tornata? Lo sapevi che Mia era mia figlia. L'avrai intuito. Eppure non ti sei mai fatta viva...".

Lia sospirò. "Mi vergognavo di dirti che avevo fallito. Che ero infelice. Dirlo l'avrebbe reso più vero e difficile da sopportare. E poi pensavo di avere perso anche te, che fosse l'ennesimo prezzo da pagare."

"Ma non mi hai persa..." La voce di mia madre era piena di dolcezza.

"Adesso lo so."

34.

La gamba di Marina fu operata in terraferma e impiegò per guarire tutta la primavera e parte dell'estate. Aldo veniva a prendermi ogni giorno, usando la motoape che gli prestava mio padre, perché fra noi ragazzi era il più grande e l'unico in grado di guidarla. Quando arrivavamo a casa sua, Lia veniva ad aprirci e raggiungevamo in soggiorno Nello, Giulia e Anna, a cui ci alternavamo per assicurarci che Marina, durante la convalescenza, non restasse mai sola, neanche di notte. I primi tempi dormii spesso con lei, perché si svegliava ancora in preda agli incubi. Allora stavo attenta che la gamba non le scivolasse fuori dal letto, le rimboccavo le coperte e accendevo la luce per farle vedere che no, non era più prigioniera della cava. Quando si tranquillizzava spegnevo la luce e tornavo a stendermi accanto a lei. La guardavo riprendere sonno con i capelli sudati appiccicati alla fronte e gli occhi che si muovevano senza posa sotto le palpebre. La guardavo e mi chiedevo se dal malanima si potesse guarire veramente o se fosse una di quelle cose che ti trascini dietro per tutta la vita. Poi mi riaddormentavo anch'io.

Il giorno in cui tornò a camminare eravamo ormai a metà luglio. Passammo a prenderla tutti insieme. Avevamo imbottito di cuscini il cassone della motoape, per trasportarla senza che prendesse scossoni. Anna si sedette dietro con lei, negli ultimi mesi erano diventate sempre più amiche.

Andammo alla spiaggia più vicina a casa di Marina, che era anche la più facile da raggiungere, nei pressi del faro. Era sul lato sinistro di una lingua di terra, da dove si vedevano con chiarezza il versante nord-ovest e quello nord-est dell'isola. Era una giornata di bonaccia e l'acqua chiara lasciava intravedere tutti i sedimenti sulla battigia: frammenti di corallo, conchiglie, pietre colorate che dovevano essere state maioliche. Stendemmo un telo grande, di quelli su cui potevamo stare seduti tutti, e creammo anche una sorta di capanna per proteggerci dal sole, servendoci di un vecchio lenzuolo e di alcuni legni portati dalle onde. Poi prendemmo Marina. Volle lasciare le stampelle sulla motoape e togliersi le scarpe. Sorrise, disse che sarebbe stato bello sentire di nuovo la sabbia sotto i piedi. Si appoggiò a me e ad Anna. Stretta a noi, mosse i primi passi incerti dopo mesi. Si sedette sul telo, si guardò intorno, prese una grande boccata d'aria salmastra.

"Allora? Com'è?" le chiesi, impaziente.

"Così bello da non poterlo dire a parole," rispose.

Mi guardai intorno. Nello e Giulia erano già in acqua. Nuotavano verso lo scoglio a ponente. Aldo, accanto a me, tirava fuori delle birre dalla borsa termica. Mossi la mano verso di lui come per accarezzargli la schiena, ma la bloccai a mezz'aria. Anna mi vide, mi strizzò l'occhio. Marina sorrise.

"Non vedo l'ora che sia settembre," disse Anna per togliermi dall'imbarazzo. "Andremo a stare al convitto, sulla terraferma. Non è come stare qui, però insomma, non saranno così male le suore... E almeno saremo insieme."

Anche Marina sarebbe andata a scuola, ma forse sarebbe riuscita a tornare almeno due o tre volte alla settimana. L'aveva deciso Lia in quegli ultimi mesi, in cui io avevo taciuto riguardo al futuro.

"Io non ci sarò," dissi allora all'improvviso, sputando fuori quell'ultimo segreto. Aldo si voltò: sapeva quanto era difficile per me pronunciare quelle parole. Mi poggiò una mano sulla spalla.

"Non andrò a scuola," continuai. "Almeno non il prossimo anno. I miei non hanno più una lira e sono indietro con le rate del prestito. Resterò a casa a dare una mano."

Mi guardarono tutti, anche Nello e Giulia che erano tornati sulla battigia.

"Non guardatemi così, voglio farlo davvero. C'è bisogno di me. Poi la campagna mi è sempre piaciuta."

Non dissero niente. Sapevano che me la stavo un po' raccontando e non volevano infierire.

"Verrò ogni fine settimana. E ti racconterò tutto, proprio tutto," ruppe il silenzio Anna.

"Noi proveremo a tornare tutti i giorni. Con l'aliscafo nuovo, forse ci riusciamo. E Nello non vuole lasciare solo suo nonno," disse Giulia.

Nello mi si avvicinò e mi abbracciò.

Marina lo scansò per cingermi e darmi un bacio sulla guancia. "Lo sai che settembre non cambierà niente," mi sussurrò all'orecchio.

Io annuii.

"Ci siamo scelte. È una cosa che resta, no?" mi domandò con l'aria di chi non ha bisogno di risposta.

Poi l'abbraccio divenne collettivo. Quando lo sciogliemmo, li guardai di nuovo tutti, uno per uno. Pensai a quanto era bello essere lì, insieme, dopo tutto quello che era successo nell'ultimo anno. E sperai davvero che il sentimento che ci univa potesse resistere al ciclo infinito di partenze e di ritorni a cui l'isola, alla quale alcuni di noi erano stati assegnati alla nascita e che altri avevano scelto, inevitabilmente ci destinava.

35.

Settembre quell'anno fu diverso. Non per l'intensità del sole, che era sempre la stessa, e neanche per la temperatura del mare, in cui ci tuffavamo ancora e ancora finché potevamo.

I miei amici lo assaporarono con la frenesia di chi sa che da lì in poi la sua vita cambierà e prenderà una direzione diversa.

Io no.

Avevo già iniziato a lavorare in campagna. Il raccolto, a causa dei temporali frequenti, era stato deludente. Questo non era bastato a scoraggiare mio padre, a fargli decidere di andarsene come molti altri dell'isola. Le nuove tratte marittime invogliavano i turisti ad arrivare e gli isolani a partire. Guardavo mio padre arare il terreno, creare i solchi che sarebbero serviti ad accogliere nuovi semi. Ammiravo la sua caparbietà.

Imparai a lavorare la terra. Prima di allora avevo avuto una conoscenza approssimativa di piante e terreni, non sapevo valutare la permeabilità del suolo dalle crepe che si diramavano in superficie come radici in sottrazione. Scoprii che le zolle vanno ribaltate, zappate, mescolate al letame per ottenere un terreno su cui sia possibile piantare qualcosa. E che le pale dei fichi d'India, quando smettono di essere fruttuose, possono essere sminuzzate e usate per abbeverare un terreno riarso.

Ma, come fosse il mondo fuori, me lo chiedevo ancora.

Provavo ad afferrarne spizzichi, bocconi, nelle parole di chi incontravo. E ancora non mi bastava.

Quando non lavoravo raggiungevo gli altri in bicicletta e provavo a trattenere quegli ultimi istanti insieme a loro con la stessa ingenuità con cui si prova a raccogliere l'acqua con le mani.

Non potevo fare a meno di sentirmi asincrona.

Un paio di giorni prima che aprissero le scuole, Marina volle vedermi.

Era come immaginavo che sarebbe stato negli anni a venire, aspettarla temendo di cogliere le avvisaglie di un cambiamento in lei, nella nostra amicizia.

Bussò alla porta con il suo tocco leggero che subito mi fece abbandonare la scrivania, dove mia madre aveva appena poggiato una lettera.

La gamba di Marina era guarita e sulla pelle non c'era traccia dei graffi che avevo visto la prima volta in cui eravamo entrate nella casa di Tonino. Portava un abito leggero, turchese. Spiccava su tutto come quando l'avevo vista sulla spiaggia, mentre cercava di ributtare il delfino in mare. Volle che salissi dietro di lei in bicicletta.

"Ce la faccio," mi disse sorridendo. Salii. Ogni tanto davo uno slancio io, toccando terra con i piedi, per agevolarla. Marina rideva.

Si fermò alla spiaggia dietro le Ville dei Mori. Quella fatta di ciottoli sulla quale, circa a metà, si staglia l'arco di Ulisse. E chissà se Ulisse c'era stato veramente lì, se ce l'aveva portato la sua fame di sapere. "Che fai? Non mi segui?" chiese Marina, vedendomi impalata a pensare. Lei era già a metà strada, sulle rocce nude e giallastre. Le andai incontro, stando attenta a non inciampare. Qua e là qualche conchiglia che si era incastrata in chissà quale secolo, qualche macchia di timo. Incredibile quanta vita riesca a portare avanti un po' d'aria salmastra e di pace!

"Quando sono arrivata qui, se mi avessero detto che un giorno avrei fatto avanti e indietro per mare per andare a scuola, non ci avrei creduto. Eppure qui è normale," disse, più a sé stessa che a me.

"Già," convenni. "Non è come prendere l'autobus."

"Immagino di no. Ma lo vedrò. Mamma vuole restare fissa sull'isola. Vuole fare qualcosa con la casa di Tonino, anche se cambia idea tutti i giorni. A volte vuole soltanto distruggerla."

"Lo capisco."

Lei mi guardò in tralice. Era consapevole che qualcosa non andava, ci stava solo girando intorno. "Proverò a tornare tutti i giorni, per lei e per te. Quando non potrò, dormirò dalle suore. Dipenderà dal vento."

"Ormai parli come una vera isolana," la punzecchiai.

Rise. Una risata leggera, rassicurante. Poi tornò seria. Prese le mie mani fra le sue.

"Adesso puoi dirmelo. Sei davvero felice di restare qui?" mi interrogò.

Sospirai. Non potevo mentirle. Non dopo tutto quello che era successo fra noi.

"Non lo so," risposi. "Amo questo posto. Amo il senso di libertà che mi dà poter chiamare per nome ogni cosa che ho intorno. E voglio davvero aiutare i miei. Magari lavorerò qualche anno, metterò qualcosa da parte, imparerò ad avere più pazienza." Mi sforzai di sorridere. "Ma non posso fare a meno di pensare che non è giusto. Non è giusto che non tutti abbiano le stesse possibilità."

Marina mi strinse più forte le mani. "Se potessi farei andare te a scuola al posto mio..." disse.

"Non dire sciocchezze," sussurrai. Mi guardai intorno: fatta eccezione per noi, la spiaggia era vuota. Mi sciolsi dalle sue mani, mi alzai e mi misi a camminare per vincere l'emozione. Lei mi seguì. Era strano vederla tenere il mio passo, dopo il lungo periodo con le stampelle. Mi fermai quando raggiunsi la punta della baia, così da vederla tutta e sentirmi quasi abbracciare. Tolsi le scarpe, misi i piedi in acqua.

"Nei giorni scorsi sono venuta spesso qui," confessai a Marina. "Volevo vedere se il mare poteva guarire anche me, come ha fatto con mia madre quando aveva la mia età." Scrutai più lontano, oltre quello che era visibile. "Non mi sembra che funzioni," continuai, "ma guardarlo mi dà uno strano senso di pace. Forse, se restassi sempre a guardarlo, potrei dimenticare quello che mi manca."

"Io all'inizio volevo solo andarmene. Adesso non lo so più," disse lei. "Ci siete tu, mamma, persino gli altri, di cui non avrei mai creduto di diventare amica. Ma non è soltanto questo. È che l'isola è strana. Ti fa desiderare quello che prima non volevi e mettere in dubbio quello che hai."

"Lo credo anch'io," dissi.

Ci stendemmo sui ciottoli, per guardare il cielo. Pensai alla gabbianella della cava, che avevamo salvato.

"Dici che il gabbiano sta bene adesso?"

"A Punta Longa è un re. Nunzio e i pescatori gli danno tutti i pesci che riesce a mangiare. E possiamo andare a trovarlo quando vogliamo: sarà sempre là, se non impara a volare."

Lei fece un cenno d'assenso.

Presi un sasso, lo lanciai. Osservai i cerchi concentrici allargarsi fin quasi a riva. Mi voltai.

"Ci sentiremo mai a casa, un giorno, in qualche posto del mondo?"

"Non lo so," rispose. "Ma continueremo a provarci. E ci proveremo insieme."

Quella frase mi confortò più del mare.

Il primo giorno di scuola li accompagnai al porto. C'erano Nello, Giulia e Anna. C'era Marina. Infine arrivò anche Aldo, l'unico della nostra comitiva che sarebbe rimasto fisso sull'isola, proprio come me. "Fate largo agli studenti modello!"

vociò in direzione di chi faceva la fila in biglietteria, per farli scostare. Marina gli diede una gomitata, lui strinse il punto in cui l'aveva colpito, come si fosse trattato di una coltellata. "Oh no, Mia!" esclamò. "La tua amica vuole farmi fuori!"

Marina alzò gli occhi al cielo. "Sono anche amica *tua*, adesso," disse. E gli mollò un'altra gomitata. Risi con loro, mentre l'aliscafo attraccava. Ci abbracciammo tutti, ci promettemmo, ancora una volta, di non cambiare. Non sapevamo ancora che la vita impedisce di mantenere simili ingenue promesse. Li guardai salire sulla scaletta e quando l'imbarcazione uscì dal porto corsi fino al lungomare per guardarla scomparire all'orizzonte, con Aldo alle calcagna.

"Oh, Mia, piantala di frignare," mi rimproverò.

"Che c'è?"

"Domani saranno già qui. O al massimo domenica."

"E cosa dovrei fare intanto, secondo te?"

"Essere te stessa. Non sei male, anche se frigni parecchio."

Lo guardai divertita.

"Ah no?"

"Non costringermi a ripeterlo." E così dicendo Aldo saltò sulla bici, che nel frattempo aveva recuperato dal muretto lì vicino.

"Dove vai?"

"Al Bue Marino. Servirà a qualcosa non dover più andare a scuola, o no?" Mi strizzò l'occhio. "Muoviti. Chi arriva ultimo si tuffa per primo!" E sfrecciò a tutta velocità verso est.

Inforcai la bici anch'io, mentre ansimavo per stargli dietro pensai a tutto quello che avrebbe potuto sorprendermi da lì in poi. E all'improvviso il futuro mi fece un po' meno paura.

Tornai a casa con le sue parole ancora in testa: *essere me stessa*. Salutai mamma, corsi in camera mia. Cercavo qualcosa su cui scrivere, su cui appuntare come mi sentivo. Fu così che ritrovai la lettera che lei aveva messo lì giorni prima, della quale mi ero quasi dimenticata.

La guardai. Era scritta in una grafia austera e priva di svolazzi che ben conoscevo.

Cara Mia,

scrivere queste parole è difficile e un po' me ne vergogno.

Avrei voluto raccontarti quanto sia diverso vivere in un posto in cui le stagioni sfumano l'una nell'altra come ci raccontano nei libri, delle foglie rosse che scrocchiano sotto le scarpe che adesso posso comprare nel negozio sotto casa e di quanto sia semplice stare in un luogo dove se vuoi scappare puoi farlo via terra, senza dover sottostare alle bizze del mare.

Ma non lo farò. Perché nonostante viva e sia felice come mai prima, certi giorni mi ritrovo, mentre cammino, ad alzare una mano per cercare la direzione da cui soffia il vento.

A volte è uno spiffero lieve, a volte non lo sento affatto. E provo una fastidiosa mancanza.

Ho trovato casa. È spaziosa. Mi ero detta che grande era meglio, perché alle case troppo piccole non sono abituata. Poi ho capito di averla scelta così perché ci fosse una stanza per te.

È solo una possibilità, che si aggiunge a quelle che – sono sicura – ti capiteranno o ti costruirai. Io alla tua età pensavo di non averne. E l'ho creduto per molto tempo.

Qui una stanza per te ci sarà sempre.

Tua,

Nietta

Ringraziamenti

Ci sono un po' di persone senza le quali questo romanzo non esisterebbe e che sento di dover ringraziare.

La prima è Jacopo Sartori. Grazie, perché se quel pomeriggio non mi avessi fatto vedere che lì, nella mole sterminata dei miei appunti, una storia c'era, forse non avrei avuto il coraggio di continuare.

Grazie a Beatrice Pera, compagna di scritture e riscritture sin dall'inizio, hai amato l'isola prima ancora di vederla con i tuoi occhi.

Grazie ad Hajar Berdouzi, per avermi aiutata a rialzarmi. Senza di te non sarei qui.

Grazie a Guido Giuliano, Cecilia Rita, Anna Galvagno, Matteo Fachechi, Filippo Messina e Julien Ladant per avermi ascoltata.

Grazie a Marco Missiroli e a Marco Amerighi, perché senza di voi non avrei trovato la mia voce.

Grazie ad Arianna Miazzo per averci creduto prima di me e a Piergiorgio Nicolazzini per aver fatto altrettanto. Mi avete resa felice.

Grazie a Michele Rossi, Adriano Masci e Giovanna Salvia,

e a tutte le persone che hanno lavorato dietro le quinte a questo romanzo.

Grazie alla mia famiglia, a Giuseppe Manuguerra, Gaetana Campo e i miei fratelli, Alessia e Francesco.

Grazie a chi c'era all'inizio e adesso non c'è più.

Grazie a Salvatore Aleo, mia tranquillità e rifugio.

Ma, soprattutto, grazie alla mia isola: nutrimento imprescindibile delle mie storie. Adesso lo so.